Cuentos

para niños

Textos: Derek Hall, Alison Morris y Louisa Somerville
Ilustraciones: Jeremy Bays, Natalie Bould, Lynn Breeze, Anna Cattermole,
Maureen Galvani, Mary Hall, Virginia Margerison, Paula Martyr,
Julia Oliver, Martin Orme, Sara Silcock, Gillian Toft, Charlie Ann Turner,
Kerry Vaughan, Jenny Williams y Kirsty Wilson

Copyright © 2007 de la edición española: Parragon
Traducción del inglés: Gemma Deza Guil
para Equipo de Edición S.L., Barcelona
Redacción y maquetación: Equipo de Edición,
S.L., Barcelona

ISBN 978-1-4054-9911-8

Printed in China
Impreso en China

Cuentos

para niños

PaRragon

Bath New York Singapore Hong Kong Cologne Delhi Melbourne

Índice

El hechizo de la abuela   6

El patito feo   12

Don Bigotes   20

El oso cantor   26

El ratoncito glotón   32

El niño que pedía demasiado   38

La escoba traviesa   44

El payaso triste   50

Caperucita Roja   56

El tesoro oculto   64

Pedro y el dragón   70

El señor Ardilla no quería dormir   76

La bufanda perdida   82

El oso y el reino de hielo   88

Jack y la habichuela gigante   94

Los tres cerditos   102

El regalo de Pedrito   110

El lobo y los siete cabritillos   116

El pequeño Teo y su hermano Leo   124

Coto de caza   130

El gato con botas   136

El hechizo de la abuela

Susi quería mucho a su abuelita. Cada día, cuando regresaba a casa después de la escuela, la encontraba sentada junto a la chimenea, tejiendo. La abuelita de Susi tejía a tal velocidad que, a veces, a la luz de la lumbre, parecía como si salieran chispas de sus agujas de hacer punto.

–¿Sabes que en realidad soy una bruja? –le preguntaba a Susi su abuelita.

Susi siempre se reía al oír aquello, porque su abuela no tenía en absoluto pinta de bruja. Siempre sonreía, tenía una mirada amorosa y nunca vestía de negro. Nunca. Cuando su abuela no la veía, Susi echaba un vistazo a su armario, por si acaso encontraba en él una escoba o un sombrero de bruja. Pero lo único que encontró fue un libro de hechizos.

–No me creo que seas una bruja –le decía Susi.

–Pues lo soy de verdad –le aseguraba su abuelita–, y un día formularé un hechizo. Sabrás que ese día ha llegado porque mis agujas empezarán a tejer solas.

A partir de aquel día, Susi observaba muy atentamente las agujas de tejer de su abuelita, pero siempre las veía quietas en el costurero, descansando junto a los ovillos de lana.

Un día, mientras jugaba en el jardín, Susi oyó a alguien llorar. El llanto parecía proceder de debajo de un viejo árbol que había en un rincón. Al acercarse al árbol, el llanto se volvió más y más fuerte, pero Susi no acertaba a ver a nadie. Al bajar la vista, vio a sus pies a un hombrecillo sentado en una piedra cubierta de musgo. Iba elegantemente vestido con un chaleco de terciopelo amarillo y pantalones bombachos, y calzaba unos bonitos botines de hebilla resplandecientes. Llevaba un sombrero de tres picos con una pluma que temblequeaba por el movimiento de su cabeza. Cuando el hombrecillo vio a Susi, dejó de llorar y empezó a secarse los ojos con un pañuelo de fino encaje.

–¿Qué le pasa? –le preguntó Susi, poniéndose en cuclillas.

–¡Ay, ay! –sollozó el hombrecillo–. Soy el sastre de la princesa de las hadas. Ella me encargó que le confeccionara un bonito vestido

para asistir al Baile de Mayo esta noche, pero un duendecillo travieso me ha hecho una jugarreta y ha convertido todos mis tejidos vaporosos en alas de murciélago. Ahora nunca podré hacerle el vestido a la princesa y se enfadará conmigo –le explicó, echándose a llorar de nuevo.

–¡No llore! –le dijo Susi–. Estoy segura de que puedo ayudarle. Mi abuelita tiene un costurero lleno de retales. Veré si puedo encontrar alguno bonito para coserle un vestido de fiesta. Estoy segura de que no le importará darme algunos. Al fin y al cabo, no necesitará mucha tela.

Al oír aquello, el hombrecillo se alegró un poco.

–Espéreme aquí –le indicó Susi y se fue corriendo hasta el salón, donde esperaba encontrar a su abuelita tejiendo junto al fuego. Pero la abuelita tenía los ojos cerrados y estaba susurrando en voz baja. Sobre su regazo yacía su labor… y las agujas se movían solas, danzando sobre las rodillas de la ancianita.

Durante un instante, Susi se quedó boquiabierta. Luego pensó:
–Espero que la abuelita no esté lanzando un maleficio. Será mejor que me asegure de que el sastrecillo está bien.

Regresó corriendo por la senda del jardín y allí, bajo el árbol, vio al sastre sentado, rodeado de un montón de magníficos tejidos que resplandecían bajo la luz del sol.

–¡Nunca he visto telas tan espléndidas! ¡Jamás! –exclamó él–. ¿De dónde las has sacado? Lo único que he hecho ha sido cerrar los ojos un momento para secarme las lágrimas con mi pañuelo y, cuando los he abierto de nuevo, ¡aquí estaban!

–No sé –confesó Susi–, pero apuesto a que mi abuelita ha tenido algo que ver en todo esto.

–Nunca le podré estar lo suficientemente agradecido –le dijo el sastre–. Ahora podré confeccionar el vestido más bonito de todo el país de las hadas. La princesa bailará toda la noche luciendo el vestido más precioso que haya existido jamás. –Hizo una pausa y continuó–: También estoy en deuda contigo. Tú fuiste la primera en ayudarme. Me gustaría mucho que asistieses al Baile de Mayo.

—Muchas gracias —contestó Susi—. Me encantaría. No quería herir los sentimientos del sastre, pero sabía que no podría acudir a aquel baile… ¡Era demasiado alta para ir a un baile de hadas!

—Bueno, ahora debo ponerme manos a la obra con el vestido —dijo el hombrecillo, cogiendo un par de tijeras mágicas—. ¡Hasta esta noche! —Y tras pronunciar aquellas palabras, desapareció.

Susi entró en la casa de nuevo. Su abuelita estaba tejiendo junto a la chimenea, como de costumbre. Susi se preguntó si todo aquello no habría sido más que un sueño. Pero todo parecía tan real… ¿Cómo podía haberse imaginado su encuentro con un sastre de hadas en el jardín? ¿Y qué decir del hechizo de su abuelita?

Aquella noche, tumbada en su cama, Susi se preguntaba si las hadas irían a celebrar de verdad un baile. ¡Le encantaría asistir! Entonces le pareció oír que alguien llamaba a su ventana. ¿Era el sastre de las hadas a quien veía al otro lado del cristal?, ¿o eran sólo imaginaciones suyas? En medio de la noche, se despertó sobresaltada. A los pies de su cama se oían unos chasquidos.

–¿Eres tú, abuelita? –preguntó Susi.

–Sí, querida –respondió la abuelita–. No podía dormir y he venido aquí a tejer un poco. De repente, las agujas han empezado a tejer solas, así que he sabido que había llegado el momento de formular un hechizo. Cuéntame tu deseo, Susi.

–Bueno, yo… –tartamudeó Susi–, quiero ir al Baile de Mayo –soltó sin pensárselo dos veces.

–Pues entonces irás, querida –respondió la abuelita.

De repente, Susi notó cómo se hacía pequeña y, al mirar hacia abajo, vio que llevaba un bonito vestido y unas zapatillas de satén diminutas. Luego, agitando unas alas de un tejido vaporoso, salió volando por la ventana y acudió al baile.

A la mañana siguiente, Susi se despertó en su cama. ¿Acaso todo había sido un sueño: el jolgorio, la comida de las hadas, la banda de ranas, el baile con el príncipe de cuento…? Entonces vio que algo asomaba bajo su almohada. ¿Y qué creéis que era? Era un pedacito de aquel tejido magnífico.

El patito feo

Érase una vez una mamá pato que estaba incubando seis bonitos huevos. Un día observó su nido asombrada, ya que allí, junto a sus seis pequeños huevos, había otro mucho más grande que los demás.

–¡Qué raro! –pensó, y volvió a sentarse sobre el nido.

Al poco tiempo, los cascarones fueron rompiéndose uno a uno y de los huevos pequeños salieron seis hermosos patitos amarillos. Pero el huevo grande seguía entero.

La mamá pato se sentó a incubar el huevo grande otro día más con su noche, hasta que al final el cascarón se rompió y de él salió el séptimo patito.

Pero aquel era un patito muy diferente. Era grande, con desaliñadas plumas grises y grandes patas marrones.

–¡Pareces diferente de mis demás hijos! –exclamó la mamá pato–. Pero no importa, estoy segura de que tienes un corazón de oro. –Y lo acurrucó bajo su ala junto a los otros patitos. Resultó que aquel patito era muy dulce y disfrutaba enormemente jugando con sus hermanitos.

Un día, la mamá pato llevó a sus patitos hasta el río para enseñarles a nadar. Uno a uno, los patitos amarillos saltaron al agua y chapotearon. En cambio, el patito gris nadó con suma elegancia. Era capaz de nadar más rápidamente y de recorrer más distancia que cualquiera de sus hermanitos.

Los demás patitos estaban celosos y empezaron a insultarle.

–Eres un patito feo y grande –le abuchearon–. No eres uno de nosotros. –Y cuando su madre no estaba mirando, lo persiguieron hasta echarlo de allí.

El patito feo se sintió muy triste mientras atravesaba los campos.

–Sé que no soy dorado y suave como mis hermanos –se decía a sí mismo–. Quizá tenga plumas grises y desaliñadas y grandes patas marrones, pero soy tan bueno como ellos ¡e incluso nado mejor!

Se sentó bajo un arbusto y empezó a llorar. Entonces oyó un sonido espantoso: ¡PUM! ¡PUM! Eran disparos. Había unos hombres cazando patos. Momentos después, un perro pasó muy cerca de donde él estaba escondido, olfateando el suelo. El patito feo no se atrevía a moverse. Permaneció bajo el arbusto hasta que se hizo de noche. Sólo entonces se sintió seguro para salir de su escondite.

Echó a andar, sin saber adónde se dirigía, hasta que por fin, en medio de la oscuridad, divisó una luz. La luz procedía de una casita que tenía pinta de ser muy acogedora. El patito feo miró dentro con mucha cautela. Vio un fuego encendido en la chimenea y a una viejecita sentada junto a la lumbre, con una gallina y un gato.

–Entra, patito –lo invitó la anciana–. Eres bienvenido. Puedes quedarte aquí. Ahora, además de huevos de gallina, tendré huevos de pato cada día.

El patito feo se alegró de poderse calentar junto al fuego. Cuando la anciana se fue a la cama, la gallina y el gato lo arrinconaron.

–¿Puedes poner huevos? –le preguntó la gallina.

–No –contestó el patito.

–¿Sabes cazar ratones? –le preguntó el gato.

–No –respondió el patito, con aire triste.

–¿Entonces para qué sirves? –le preguntaron con desdén.

Al día siguiente, la anciana regañó al patito:

–¡Ha pasado todo un día y no has puesto ni un solo huevo! ¡No sirves para nada! ¡Eres un inútil!

El patito feo decidió entonces abandonar aquella casita.

—Aquí no me quieren —se dijo abrumado por el dolor.

Caminó durante mucho tiempo hasta que por fin llegó a un lago donde podría vivir sin que nadie le molestara. Vivió en aquel lugar durante muchos meses. Poco a poco, los días se fueron haciendo más cortos y las noches más largas. El viento hizo que los árboles perdieran sus hojas. Llegó el invierno y empezó a hacer un frío terrible. El agua se heló y el patito feo se guareció tiritando bajo los juncos que había a la orilla del lago. Tenía muchísimo frío, estaba hambriento y se sentía triste y muy solo, pero no tenía adónde ir.

Con la primavera llegó el calor y el hielo del lago se derritió. El patito feo sintió el sol acariciándole las plumas.

–Creo que saldré a nadar –pensó. Fue nadando hasta el centro del lago, donde el agua era cristalina como un espejo. Observó su reflejo en ella y se quedó inmóvil, sin dejar de mirarse. Le devolvía la mirada una bella ave blanca con un cuello largo y elegante–. Ya no soy ningún patito feo –se dijo–. Pero, entonces, ¿qué soy?

En aquel momento otras tres grandes aves blancas acudieron volando junto a él y aterrizaron en el lago. Fueron nadando hasta su lado y una de ellas le dijo:

–Eres el cisne más bello que nunca hemos visto. ¿Quieres venir con nosotros?

–Así que eso es lo que soy, un cisne –pensó el ave que antes había sido un patito feo–. Me encantaría unirme a vosotros –les respondió a los otros cisnes–. Pero ¿de verdad soy un cisne? –preguntó, sin llegar a creerse que así fuera.

–¡Claro que sí! –le contestaron–. ¿Acaso no ves que eres igual que nosotros?

Los tres cisnes mayores se convirtieron en sus mejores amigos y el patito feo, ahora transformado en un bello cisne, nadó por el lago con ellos y vivieron juntos por siempre jamás. Sabía que era uno de ellos y que ya nunca más volvería a estar solo.

Don Bigotes

Don Bigotes era una funda para pijama con forma de gato, y muy bonita a decir verdad. La abuelita de Susi la había cosido cuando su nieta sólo tenía cuatro años. Había tardado bastante tiempo en hacerla. Noche tras noche se había sentado junto a la chimenea, cortando y cosiendo la tela, hasta que el gato quedó perfecto. El cuerpo de Don Bigotes estaba elaborado con terciopelo negro de la mejor calidad. Don Bigotes tenía unos bonitos ojos de cristal rojo, una cola mullida y densa, y los bigotes más largos que hayáis visto. Permanecía sentado a los pies de la cama de Susi, observando los juguetes de la habitación con ese aire estirado con el que los gatos observan las cosas.

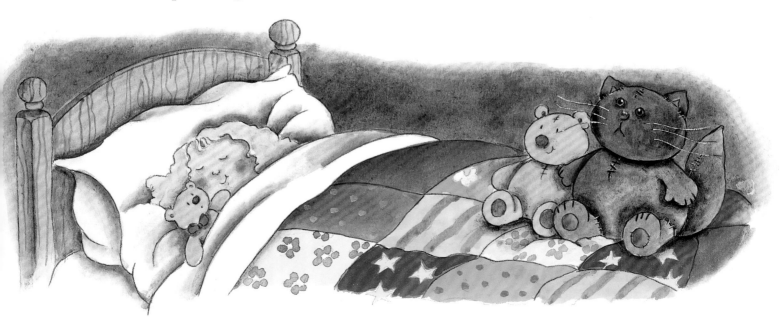

Cuando Susi estaba dormida o jugando en otra habitación, Don Bigotes y los demás juguetes conversaban entre sí. Pero a Don Bigotes le aburría hablar con los juguetes. Rosaura, la muñeca de trapo, no era más que una muñeca de trapo.

–¿Y qué podría decirle de interesante una muñeca de trapo a una funda de pijama con forma de gato? –pensaba Don Bigotes.

Luego estaba Rocinante, el caballito mecedor. Sin duda, era un caballito mecedor fantástico, pero parecía que sólo le interesaba comentar lo bonito y reluciente que era, y no se cansaba de asegurar que era el juguete preferido de Susi. Ni siquiera los cubos con las letras del alfabeto, la caja de sorpresas ni la pelota de colorines parecían tener nada que decir que fuera del interés de Don Bigotes. Este suspiraba y miraba por la ventana, preguntándose si la vida sería más emocionante en el exterior.

Un día, cansado de vivir en aquella habitación con los demás juguetes, decidió aventurarse a salir a la calle en busca de alguien interesante con quien hablar. Así que aquella noche, mientras estaba oscuro y Susi dormía, trepó sigilosamente hasta la ventana, que estaba abierta, y saltó afuera. Hacía una noche clara y fría, iluminada por la luna llena. Don Bigotes tembló ligeramente al notar el frío del exterior, y quizá también temblara porque estaba bastante asustado. Pero estaba muy emocionado por salir a la calle y pronto se olvidó del frío y del miedo.

Caminó siguiendo la valla hasta llegar al final del jardín de Susi y saltó al jardín de los vecinos. Justo al aterrizar en él oyó un terrible gruñido y vio dos grandes ojos negros que resplandecían a la luz de la luna.

Era Gruñón, el perro de los vecinos, ¡y no le gustaban nada los gatos! Ladrando a todo pulmón, Gruñón echó a correr hacia Don Bigotes. Llevaba su enorme boca abierta y Don Bigotes pudo ver sus dientes grandes y afilados. ¡Es más, le pareció verle incluso el estómago! A Don Bigotes sólo le dio tiempo de volver a trepar a la valla antes de que Gruñón lo atrapara con sus mandíbulas.

–Caray, me he librado por los pelos –dijo Don Bigotes jadeando–. ¡No sabía que los perros fueran tan poco amistosos!

Se preguntaba adónde podría ir para estar seguro cuando oyó detrás de él a alguien que le decía:

–Eh, gato de terciopelo, ¿qué estás haciendo en nuestro territorio?

Al volver la vista, Don Bigotes se encontró con el gato más
grande y con más aspecto de malvado que había visto nunca.
Y detrás de él había más gatos con muy mala pinta que avanzaban
lentamente hacia él, con sus zarpas afiladas listas para atacar.
Don Bigotes no se lo pensó dos veces. Huyó para salvar la vida.

Estaba asustado de verdad. Además, tenía frío y hambre. ¡Cómo
habría deseado encontrarse seguro en la cálida habitación de Susi,
con el resto de los juguetes! Y justo cuando pensaba que el mundo
exterior tal vez fuera demasiado emocionante, oyó el sonido de una
furgoneta que se aproximaba. La furgoneta se detuvo bruscamente,
alumbrándolo con sus focos. En uno de sus laterales había un
letrero que decía: CAZADOR DE GATOS.

DON BIGOTES

De la furgoneta salió un hombre provisto de una gran red. Don Bigotes creyó saber exactamente a quién pretendía dar caza con esa red y decidió que había llegado el momento de largarse de allí.

Sin reparar en los peligros que podía entrañar volverse a encontrar cara a cara con aquella banda de gatos de zarpas afiladas o con una jauría de perros fieros y gruñones, regresó corriendo hasta la casa de Susi, tan rápidamente como se lo permitieron sus patas de terciopelo. Por fin llegó a la ventana y pudo saltar de nuevo al interior de la habitación.

Acurrucado en la cálida cama y rodeado de sus viejos amigos, Don Bigotes decidió que quizá, a fin de cuentas, aquella fuera la mejor vida para un gato que no era más que una funda de pijama.

El oso cantor

Érase una vez un muchacho llamado Pedro. Pedro era un joven amable que amaba a todos los seres de la naturaleza, pero sobre todo a los animales y las aves del bosque. En muchas ocasiones le había curado un ala a un pájaro herido o había liberado a un tejón de una trampa cruel.

Un día, el circo llegó al pueblo y Pedro estaba entusiasmado. Veía cómo instalaban carpas de vivos colores en los campos y cómo llegaban carros con cargamentos de aspecto misterioso. En cuanto se inauguró el circo, Pedro partió rumbo a él con unas monedas en el bolsillo para probar suerte. Primero se dirigió a la parada del tiro al coco. Luego intentó trepar por el poste engrasado. Y finalmente empleó su última moneda en la tómbola. Estaba a punto de regresar a casa cuando por el rabillo de ojo vio algo espantoso. Tumbado en una jaula, con aire triste y desamparado, había un gran oso pardo. Una pequeña placa situada en la parte frontal de la jaula indicaba el nombre del oso: Lucas. Parecía tan abatido que Pedro decidió liberarlo sin demora, pero la jaula estaba cerrada con un resistente candado y Pedro no sabía cómo romperlo.

Resolvió entonces dar media vuelta y volver a casa, dejando a sus espaldas a aquel oso de mirada desoladora.

Aquella noche, Pedro no dejó de dar vueltas y más vueltas en la cama. ¿Qué podía hacer? No tenía fuerza para abrir la jaula y el cuidador del oso seguramente no accedería a liberarlo. En medio de la noche, decidió regresar a la feria para consolar al animal.

Salió de la cama y se dirigió hacia la feria guiado por la luz de la luna. Para su asombro, encontró al oso cantando una canción con una hermosa voz. Pedro se detuvo unos instantes a escuchar el bello canto del oso. Entonces se le ocurrió una idea. Recordó un anuncio que había visto clavado en las puertas del palacio.

–No llores, Lucas –le dijo–. Creo que sé cómo sacarte de aquí. Pero primero debes enseñarme tu canción.

El oso aceptó felizmente el intercambio y pronto los dos cantaban la canción a dúo. Luego Pedro dijo:

–Ahora debo irme, pero regresaré mañana. Y recuerda, cuando me veas, prepárate para cantar tu canción.

Al día siguiente, Pedro se vistió con sus mejores ropas y partió rumbo a palacio. El anuncio seguía clavado en la puerta, tal como Pedro recordaba. En el papel había escrito lo siguiente con una elegante caligrafía: *EL REY PRECISA UN TROVADOR CON UNA BELLA VOZ. PRESENTAR SOLICITUDES EN EL PALACIO.*

Pedro llamó a la puerta. Fue conducido hasta una magnífica galería donde un tropel de juglares aguardaba el momento de su audición. Un cortesano hizo repicar una campanilla para exigir silencio, y el rey apareció. Se sentó en su magnífico trono de oro.

–¡Que empiece la audición! –ordenó el rey. El primer trovador dio un paso al frente. Cantó una canción con una voz dulce y aguda que llegó al corazón a los cortesanos y los redujo a lágrimas. El siguiente juglar cantó con una voz profunda y llena de matices que hizo que todos los presentes sintieran cómo un escalofrío les recorría la espalda y logró que incluso los pájaros dejaran de cantar en los árboles para escucharle. El tercer trovador cantó una canción tan ingeniosa y divertida que la Corte al completo estalló en carcajadas.

Llegó por fin el turno de Pedro.

–Ruego a su majestad permiso para cantar mi canción al aire libre, para que todas las criaturas salvajes del bosque también puedan oírla –dijo.

–¡Qué petición tan extraña! –comentó el rey, pero, a decir verdad, le había entrado sueño oyendo aquellas canciones tan bellas y pensó que un poco de aire fresco no le vendría mal–.

¡Está bien, pero será mejor que valga la pena! –dijo, dirigiendo a Pedro una mirada severa.

–¡Síganme! –les invitó Pedro, y guió al rey, a los cortesanos y a los demás trovadores fuera de palacio, por un camino.

–¿Adónde nos dirigimos? ¡Esto es indigno! –murmuraban.

Al fin llegaron a la feria, pero Pedro no se detuvo hasta hallarse frente a la jaula de Lucas. Lucas lo vio y Pedro le guiñó un ojo.

–Aquí es donde me gustaría cantar para usted –le dijo al rey.

El rey arqueó sus reales cejas al echar un vistazo a su alrededor.

–Debo decir que todo esto es muy misterioso. Pero ya que hemos llegado hasta aquí, oigamos tu canción. ¡Adelante! –dijo.

Pedro abrió la boca y movió los labios al son de las palabras, pero era Lucas quien cantaba. Era la canción más bella que todos los allí presentes habían oído jamás. Al acabar, el rey sollozaba de deleite, alborozo y emoción al mismo tiempo.

–Es la canción más bella que nunca he oído
–dijo–. Has ganado la audición. Me gustaría
que fueras mi trovador.

Pedro hizo una leve reverencia.

–Majestad –dijo–, me encantaría
aceptar vuestra oferta, pero, para ser
honesto, debo decir que la canción no la he
cantado yo, sino mi amigo, el oso Lucas. Todos los presentes
contuvieron un grito de sorpresa.

Por unos instantes, el rey enfureció. Pero después sonrió y dijo:

–Te elogio por tu sinceridad, Pedro, y me encantaría emplear
a Lucas como trovador. Canciller, tráigame la saca real.

El rey pagó una cifra generosa al cuidador de Lucas, quien liberó
de buena gana al oso. Lucas se convirtió en el juglar del rey y se
hizo famoso por aquellas landas, y desde entonces Pedro acudió
a palacio cada día y cantó a dúo con su amigo el oso. Y cuentan
que al final Pedro se casó con la hija del rey…

31

El ratoncito glotón

Érase una vez un ratoncito llamado Chispas. Chispas era un ratoncito muy glotón. En cuanto le ponían comida en la jaula, se la zampaba de golpe y luego olisqueaba los barrotes con la esperanza de que hubiera algo más que comer a su alcance. Desde su jaula veía todo tipo de delicias y exquisiteces sobre la mesa de la cocina. ¡Y qué olores tan embriagadores! El aroma del pan recién horneado le hacía lanzarse a correr en su rueda de ejercicios para librarse de la frustración de no poder catarlo.

   –¡No es justo! –refunfuñaba en voz baja–. Ellos no paran de comer como locos y aquí estoy yo, muriéndome de hambre. (Pero entonces recordaba que acababa de engullir una comida copiosa y que aún se notaba la barriga llena.)

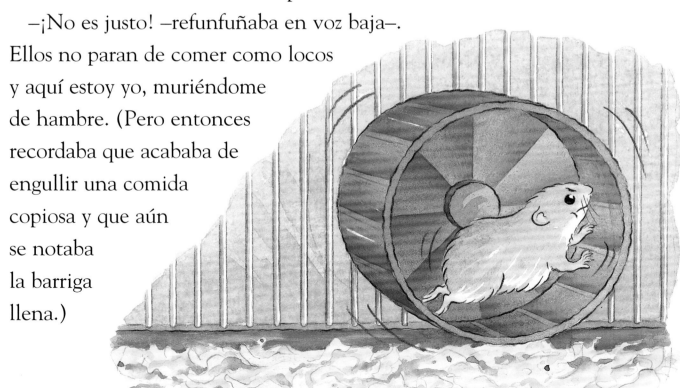

–Si al menos pudiera salir de esta horrorosa jaula, me daría un buen festín, como me merezco –se decía a sí mismo, y sólo con pensar en aquellos bocados suculentos se le hacía la boca agua.

Una noche, después de que toda la familia se hubiera acostado, Chispas estaba dando la última vuelta del día en su rueda antes de retirarse a su colchón de serrín. Mientras giraba, oyó un chirrido.

–¡Qué raro! –pensó Chispas–. La niña ha engrasado mi rueda hoy mismo. Seguro que no necesita que la vuelvan a engrasar.

Dejó de dar vueltas y bajó de la rueda, pero el chirrido continuó. Chispas se sentó quieto sobre sus ancas y escuchó atentamente. Entonces se dio cuenta de que el chirrido procedía de la puerta de su jaula. ¡La puerta! La puerta se estaba abriendo. ¡La niña no la había cerrado bien antes de irse a la cama! Chispas bailó loco de contento. Luego se acercó hasta la puerta y miró con cuidado fuera para asegurarse de que no corría peligro. Todo parecía en orden. La gata estaba en un sillón y el perro roncaba en el suelo.

Chispas, además de ser glotón, era un ratoncito bastante listo. Así que, cuando salió de la jaula, lo primero que hizo fue examinar el pestillo para averiguar cómo funcionaba. ¡Sí! Estaba bastante seguro de que a partir de aquel momento sabría cómo abrir la jaula desde dentro. Olfateó el aire. Sobre la mesa habían quedado las sobras de una fiesta de cumpleaños. Olisqueó el azúcar glaseado y subió a la mesa de un salto. Se atiborró a trozos de emparedados de queso y pedacitos de tarta de chocolate. Una vez se sintió saciado, se llenó los mofletes de galletas de jengibre y regresó corriendo a su jaula, cerrando la puerta tras de sí.

–¡Fantástico! –pensó–. Ya nunca volveré a pasar hambre.

La próxima noche, Chispas se las apañó para salir de su jaula y se hartó de comer. Y la noche siguiente, y la otra… Comía de todo: nueces, plátanos, trozos de pan, restos de gelatina, triángulos de pizza… Todo tenía cabida en su insaciable estómago. Y cada vez que regresaba a su jaula se llenaba los carrillos con más y más comida. No se dio cuenta de que estaba engordando, aunque era consciente de que ya no podía dar vueltas en su rueda sin caerse. Entonces, una noche abrió el pestillo de la jaula, pero resultó que estaba demasiado gordo y no cabía por la puerta.

Durante un rato, Chispas permaneció sentado de muy mal humor en un rincón de su jaula. Aún tenía los mofletes llenos de comida que había almacenado la noche anterior, pero aquel ratoncito glotón aún quería más. Se le ocurrió una idea.

–Le pediré ayuda a esa gata perezosa –pensó. Chilló bien fuerte hasta que la gata, que soñaba con ratas, se despertó sobresaltada.

–¿Qué quieres? –le preguntó. Y Chispas le explicó su problema.

–Oh, te ayudaré encantada –le aseguró la astuta gata, pensando que también ella tendría su ración de postre… Con sus fuertes

mandíbulas tiró hacia afuera de los barrotes de la jaula hasta que Chispas tuvo espacio suficiente para caber por la puerta. Entonces, de un rápido movimiento, la gata atrapó a Chispas con su zarpa y se lo comió de un bocado. Se sintió muy llena, lógicamente, teniendo en cuenta toda la comida que se había zampado Chispas. Se arrastró hasta su sillón y no tardó en caer dormida y empezar a roncar con la boca abierta. Cada uno de los ronquidos de la gata sonaba como un trueno en la cabeza del ratoncito.

–Tengo que salir de aquí –pensó Chispas y se dirigió hasta las mandíbulas abiertas de la gata. Pero estaba demasiado gordo para caber por ellas. Entonces se le ocurrió otra idea. A través de las mandíbulas de la gata veía al perro tumbado en el suelo.

–¡Socorro! ¡Auxilio! –gritó–.

El perro se despertó y se encontró con una imagen grotesca. Ante él estaba la gata tumbada, roncando… y al mismo tiempo pedía auxilio. El perro sacudió la cabeza, como para despejarse, estaba perplejo. Entonces vio un par de ojos redondos y brillantes y unos bigotitos dentro de la boca de la gata. ¡Era Chispas!

–Sácame de aquí, por favor –le suplicó Chispas.

Al perro no le gustaba mucho la gata, así que se mostró dispuesto a ayudar a Chispas.

–Meteré mi cola en la boca de la gata. Agárrate a ella mientras tiro para sacarte de ahí –dijo–. Pero procura no hacer ruido. ¡Si se despierta, me morderá la cola!

Con mucho cuidado, introdujo la cola entre las mandíbulas de la gata, lo suficiente para que Chispas pudiera agarrarse a ella con sus pequeñas zarpas. Luego tiró de él con todas sus fuerzas. Chispas salió por fin de las fauces de la gata y dejó caer todo lo que había guardado en sus mofletes: ¡cacahuetes, manzana y un trozo de tarta!

–Muchas gracias –suspiró Chispas aliviado, mientras salía a toda mecha hacia su jaula y cerraba la puerta–. ¡De ahora en adelante me quedaré en mi casa y comeré sólo lo que me den!

El niño que pedía demasiado

Érase una vez un muchacho llamado Tobías. Era un muchacho afortunado. Tenía unos padres que lo querían, un montón de amigos y una habitación llena de juguetes. Detrás de su casa había un vertedero de basuras. La madre de Tobías le había prohibido ir allí, pero él siempre se quedaba mirando ensimismado aquel lugar por la ventana. Parecía un sitio tan emocionate por explorar.

Un día, Tobías estaba mirando el basurero cuando vio algo dorado que relucía bajo el sol. Allí, sobre los escombros, había una lámpara de latón. Tobías conocía el cuento de Aladino y se preguntó si aquella lámpara también sería mágica. En un despiste de su madre, se escapó por la puerta de atrás, trepó por la basura y cogió la lámpara.

Fue corriendo al cobertizo del jardín, dentro estaba muy oscuro, pero el latón de la lámpara resplandecía tenuemente entre sus manos. Cuando se le acostumbró la vista a la oscuridad, comprobó que la lámpara estaba bastante sucia. Empezó a frotarla para limpiarla y entonces salió una bocanada de humo y el cobertizo se llenó de luz. Tobías apretó los ojos con fuerza y, cuando los abrió de nuevo, vio ante él a un hombre vestido con un traje bordado en oro y con muchas joyas.

–Soy el genio de la lámpara –le dijo–. ¿Por casualidad eres tú Aladino?

–No... no, soy Tobías –balbuceó Tobías, sin dar crédito a lo que veían sus ojos.

–¡Qué curioso! –dijo el genio frunciendo el ceño–. Me habían dicho que el niño de la lámpara se llamaba Aladino. Pero, bueno, ¡no importa! Aquí estoy y te daré lo que desees. Puedes pedir tres deseos.

Al principio Tobías estaba tan perplejo que no atinaba a pronunciar palabra. Luego empezó a pensar con todas sus fuerzas. ¿Qué era lo mejor que podía desear? Entonces tuvo una idea.

–Mi primer deseo –dijo– es poder pedir tantos deseos como quiera.

El genio pareció desconcertado, pero luego sonrió y dijo:

—Un deseo es un deseo. ¡Que así sea!

Tobías no daba crédito. ¿De verdad le iban a conceder todos sus deseos? Decidió comenzar pidiendo un deseo muy grande, por si al genio se le ocurría cambiar de opinión.

—Desearía tener un monedero con dinero que nunca se vaciara —dijo.

¡Dicho y hecho! De repente tenía en sus manos un monedero con cinco monedas.

Olvidando darle las gracias al genio, salió corriendo del cobertizo y se dirigió a la tienda de golosinas.

Llenó una bolsa de chucherías y sacó una moneda del monedero para pagarla. Luego echó un vistazo dentro del monedero para asegurarse de que su deseo se había cumplido. ¡Y allí estaban las cinco monedas! ¡La magia había funcionado!

Tobías regresó al cobertizo para formular su siguiente deseo, pero el genio se había desvanecido. Entonces se acordó de la lámpara. La cogió y la frotó con fuerza y el genio reapareció al instante.

—No olvides compartir todas esas golosinas con tus amigos —le dijo.

–¿Cuál es tu deseo, Tobías?

Esta vez, Tobías, a quien le encantaban los dulces, dijo:

–¡Desearía tener una casa de chocolate!

Apenas hubo pronunciado aquellas palabras se encontró de pie, junto a una casa totalmente fabricada con delicioso chocolate. Tobías arrancó la aldaba de la puerta y la

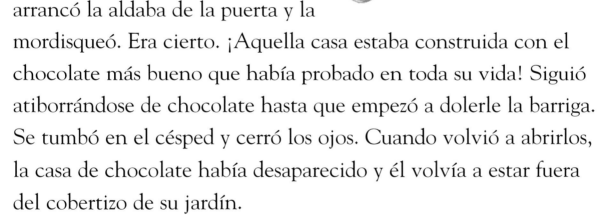

mordisqueó. Era cierto. ¡Aquella casa estaba construida con el chocolate más bueno que había probado en toda su vida! Siguió atiborrándose de chocolate hasta que empezó a dolerle la barriga. Se tumbó en el césped y cerró los ojos. Cuando volvió a abrirlos, la casa de chocolate había desaparecido y él volvía a estar fuera del cobertizo de su jardín.

–No es justo quitarme la casa de chocolate. ¡Que me la devuelvan! –se quejó, dando patadas en el suelo.

Tobías regresó al cobertizo.

–Esta vez pediré algo que dure más –pensó. Frotó la lámpara y el genio volvió a salir de ella.

–Tienes chocolate por toda la cara –le dijo–. ¿Qué deseas ahora?

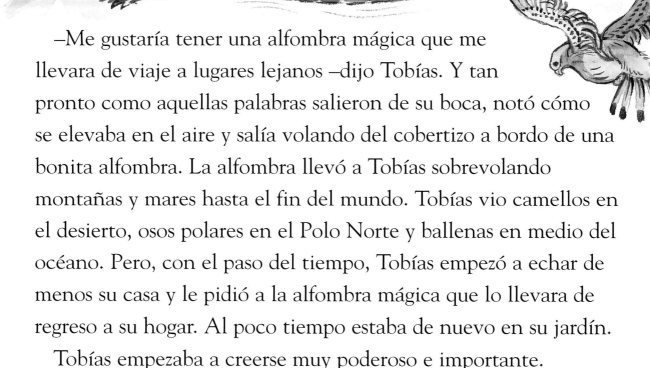

–Me gustaría tener una alfombra mágica que me llevara de viaje a lugares lejanos –dijo Tobías. Y tan pronto como aquellas palabras salieron de su boca, notó cómo se elevaba en el aire y salía volando del cobertizo a bordo de una bonita alfombra. La alfombra llevó a Tobías sobrevolando montañas y mares hasta el fin del mundo. Tobías vio camellos en el desierto, osos polares en el Polo Norte y ballenas en medio del océano. Pero, con el paso del tiempo, Tobías empezó a echar de menos su casa y le pidió a la alfombra mágica que lo llevara de regreso a su hogar. Al poco tiempo estaba de nuevo en su jardín.

Tobías empezaba a creerse muy poderoso e importante.

Entonces comenzó a formular un sinfín de deseos.

Deseó no tener que ir a la escuela… ¡y dejó de asistir a clase! Deseó tener una criada que limpiara lo que él ensuciaba y un cocinero que le preparara pasteles… y aparecieron una criada y un cocinero.

EL NIÑO QUE PEDÍA DEMASIADO

Tobías empezó a engordar y se volvió un vago.
Sus padres sufrían al ver lo mimado que se había
vuelto. Sus amigos dejaron de jugar con él porque se
había convertido en un fanfarrón. Una mañana,
se despertó, se miró en el espejo y rompió a llorar.

–¡Estoy triste y solo! –gimoteó. Entonces cayó en la cuenta de
que sólo había una cosa que él pudiera hacer. Fue corriendo hasta
el cobertizo, cogió la lámpara y la frotó.

–No pareces demasiado feliz –le dijo el genio, mirándolo con
preocupación–. ¿Cuál es tu deseo?

–Quiero que todo sea como antes –espetó Tobías–. ¡Y desearía
no poder formular más deseos!

–¡Sabia elección! –le dijo el genio–. Que así sea. Adiós, Tobías.

Y tras pronunciar aquellas palabras, el genio desapareció.
Tobías salió del cobertizo y a partir de entonces su vida volvió a
ser normal. Sus padres se preocupaban por él, iba a la escuela y sus
amigos volvieron a venir a jugar. Tobías aprendió una lección:
ya no volvió a presumir y compartió sus golosinas y juguetes.

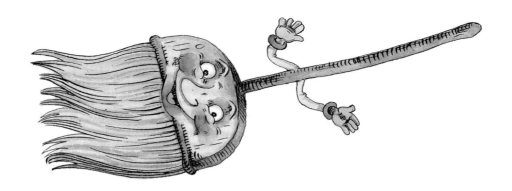

La escoba traviesa

–¡Madre mía, qué sucio está el suelo de esta cocina! –exclamó la criada. Era una doncella muy meticulosa y no le gustaba ver ni una mota de polvo en el suelo. Sacó la escoba del armario de la esquina y empezó a barrer con energía el suelo; luego apiló toda la suciedad y la recogió con un gran recogedor.

Por desgracia, en aquella cocina vivían unos duendecillos, los elfos. Eran demasiado pequeños para verlos a simple vista, pero, si a alguien se le ocurría molestarlos, podían convertirse en unas criaturas verdaderamente traviesas. Al barrer, la escoba alcanzó un rincón oscuro donde los elfos estaban celebrando una fiesta. ¡De repente, la escoba barrió al rey de los elfos y lo arrastró hasta el recogedor! Lo siguiente que supo fue que lo estaban arrojando al cubo de la basura.

Tosiendo y farfullando de rabia, el rey elfo consiguió por fin
trepar hasta la cima de la basura almacenada en aquel cubo.
Se quedó allí de pie. Se limpió la mugre y el polvo de las orejas
y la nariz, se sacó una raspa de pescado de los pantalones e intentó
recuperar su aspecto de rey en la medida de lo posible, teniendo
en cuenta que lo habían arrojado al cubo de la basura.

–¿Quién ha hecho esto? –preguntó a voz en grito–. Voy a hacer
que alguien se arrepienta, que se arrepienta de corazón –prometió.

Por fin logró regresar a la casa y abrirse camino hasta la cocina
de nuevo. Al verlo, los otros elfos tuvieron que aguantarse las ganas
de reír. Y es que el rey elfo seguía estando muy sucio y mugriento,
y aún tenía restos de basura por todo el cuerpo. Pero los elfos
sabían que no era bueno reírse del rey, porque podía enviarles
una maldición si lo hacían.

–Ha sido la escoba –dijeron a coro los elfos.

–Bien –contestó el rey–, pues voy a lanzarle un maleficio.

45

Para entonces la escoba se hallaba de nuevo guardada en su armario. El rey elfo se dirigió hasta allí y saltó adentro a través de la cerradura. Apuntó a la escoba con un dedo y dijo:

—¡Abracadabra, pata de cabra ve y convierte esta casa en una maraña!

Al oír aquellas palabras mágicas, la escoba se puso firme y las cerdas de su cepillo empezaron a agitarse. Era de noche y todos los habitantes de la casa estaban durmiendo. La escoba abrió la puerta del armario y saltó a la cocina. Luego abrió la puerta de la cocina y salió afuera. Fue directa al cubo de la basura y, con una sacudida de sus cerdas, envió un montón de basura de nuevo a la cocina. Latas, polvo, restos de pollo y un sinfín de desperdicios más fueron a parar de nuevo al suelo de la cocina. Acto seguido, la escoba cerró la puerta de la cocina, se volvió a colocar en el armario y se quedó quietecita hasta la mañana siguiente.

Cuando la criada bajó a la cocina, no daba crédito a lo que veía.

–¿Quién ha causado todo este desorden? –preguntó–. Como hayan sido los gatos... –dijo en tono amenazante. Sacó la escoba del armario, volvió a barrer y arrojó la basura fuera de casa.

Al caer la noche, la historia se repitió. Cuando reinaba el silencio y en la casa dormía todo el mundo, la traviesa escoba salió de su armario y la casa volvió a quedar llena de suciedad. Esta vez en el suelo había cabezas de pescado, botellas vacías y el hollín de las chimeneas de la casa.

La criada se quedó muda. Lo limpió todo de nuevo y le pidió al jardinero que quemara la basura que había en el cubo para que no pudiera regresar a la casa de ningún modo, sin entender aún cómo podía haber ocurrido todo aquello.

Esa noche, la escoba traviesa decidió que causaría un desorden distinto. Así que, en lugar de barrer suciedad de la calle hacia el interior de la casa, subió volando a las estanterías y tiró todos los botes al suelo. Cayeron uno a uno, estrellándose contra el suelo y derramando los líquidos que contenían por todas partes.

–¡BASTA YA! –gritó una voz de repente.

La escoba dejó de hacer diabluras.

–¿Qué crees que estás haciendo? –preguntó la voz. Aquella voz procedía de un hada con cara de pocos amigos que se encontraba de pie en el escurreplatos, con las manos en jarras. Lo que la escoba no sabía es que una de las botellas que había arrojado al suelo contenía al hada buena, que había sido encerrada en ella por los elfos. Ahora volvía a ser libre por fin, la maldición se había roto y era su turno de formular un hechizo.

La escoba traviesa

—Escobita, escobita, barre este suelo,
que quede limpio como si fuera nuevo.
Busca a los elfos que te maldijeron
y mándalos a todos al pozo —gritó.

La escoba se puso manos a la obra. Barría a tanta velocidad que
sus cerdas parecían una nube. Barrió rincón tras rincón, sin olvidar
ni un solo recoveco. Todos los cristales de las botellas rotas y hasta
la última mota de polvo fueron a dar al recogedor y luego al cubo
de la basura que había fuera de la casa. La escoba regresó y barrió
a los elfos al pozo, donde no podrían hacer más travesuras.

Por la mañana, la doncella bajó a la cocina y la encontró
inmaculadamente limpia. Le sorprendió que faltaran algunos tarros,
pero, entre tú y yo, también se sintió aliviada. ¡Así tendría
menos cosas que limpiar…!

El payaso triste

El payaso Bongo tenía un pequeño problema. Se supone que los payasos son personas felices, alegres y divertidas, pero Bongo era un payaso muy triste. Nada le hacía reír.

Siempre que el circo se instalaba en una ciudad, las gentes de los alrededores se agolpaban bajo la gran carpa para disfrutar de un día emocionante. El público contenía la respiración al ver al equilibrista caminar por la cuerda floja y a los acróbatas saltar de un trapecio al otro. Disfrutaba cuando los malabaristas lanzaban bolas de vivos colores al aire mientras saltaban a la pata coja. Se deleitaba al ver a los bellos caballos blancos desfilar por la pista del circo, con los jinetes haciendo acrobacias sobre sus lomos. Cuando llegaba el turno de las focas, estallaban los aplausos. Todo el mundo parecía adorarlas y dispuesto a reírles las gracias durante horas.

Pero la atracción favorita del público, sobre todo de los niños, era el payaso. Vestido con unos pantalones enormes, entraba en la pista calzado con sus zapatones. Todo el mundo reía al verlo. Y aún más al descubrir su gran sombrero de trapo adornado con una flor giratoria. Incluso su cara pintada parecía hacer reír al público.

Sin embargo, era cuando el payaso empezaba su actuación cuando el público estallaba en carcajadas. Primero, su bicicleta se iba desmontando a medida que él intentaba dar la vuelta a la pista. Luego salía despedido de su automóvil cuando el asiento se levantaba de golpe. Y cuando, por accidente, se tiraba agua fría por los pantalones y se caía en una piscina llena de natillas, el público se partía de risa.

Pero, bajo el maquillaje, Bongo no sonreía. De hecho, no le encontraba la gracia a las bicicletas que se desmontaban, ni a los coches que lo lanzaban a uno despedido, ni a tirarse agua fría en los pantalones o acabar panza arriba en una piscina llena de natillas. Sencillamente, carecía de sentido del humor.

Los demás artistas del circo decidieron hacer algo para intentar alegrar al payaso triste.

—Tengo una idea —dijo el equilibrista—. ¿Por qué no le pintamos una cara aún más divertida? Eso le hará reír.

Y eso hicieron, pero Bongo no se rió. Siguió igual de triste.

—Dediquémosle alguno de nuestros números —se ofrecieron las focas. Se subieron a sus bancos y comenzaron a lanzarse grandes

balones de colores entre sí, aplaudieron con sus aletas y tocaron la bocina. Pero Bongo seguía sin reír. De hecho, ninguna de las propuestas de sus colegas consiguió hacer sonreír al pobre Bongo. Seguía siendo un payaso muy triste.

Entonces Percival, el director del circo, dijo:

–Creo que sé cuál es el problema. No hay nada que a un payaso le guste más que hacer numeritos con otros payasos. Quizá si contratase a otro payaso, Bongo se pondría contento.

Y así contrató a un segundo payaso, llamado Paparruchas.

El circo se instaló en la siguiente ciudad y no tardó en llegar el gran momento de la actuación de Bongo y Paparruchas.

Paparruchas daba vueltas por la pista montado en su bicicleta descuajaringada mientras Bongo lavaba el coche arrojándole cubos de agua. Pero, como es lógico, en lugar de aterrizar en el coche, el agua acabó mojando a Paparruchas, que justo en ese momento pasaba con su bicicleta por delante. Una pequeña sonrisa se dibujó en el rostro de Bongo al ver a Paparruchas mojado.

Luego Bongo y Paparruchas hicieron como que cocinaban. Bongo tropezó y se cayó mientras transportaba dos enormes pasteles de nata, que fueron a parar directamente a la cara de Paparruchas. Bongo soltó una gran carcajada al ver la cara de Paparruchas cubierta de nata.

EL PAYASO TRISTE

Al final de su actuación, los payasos imitaban a unos decoradores que estaban pintando subidos a una escalera de tijera. Y claro, lo has adivinado: la escalera se rompió y los botes de pintura acabaron cayendo sobre los payasos. Bongo miró a Paparruchas, que tenía un gran cubo de pintura sobre la cabeza y estalló en carcajadas. Paparruchas pensó que Bongo también estaba muy divertido todo cubierto de pintura. Y el público, que pensaba que dos payasos eran aún más divertidos que uno, aplaudía entusiasmado y llenaba la gran carpa de risas. Desde aquel día, Bongo no volvió a ser nunca más un payaso triste.

Caperucita Roja

Érase una vez una niña a la que su abuelita le había regalado una bonita capa con una caperuza de color rojo. A la niña le encantaba aquella capa. Tanto le gustaba que nunca se la quitaba. Y como siempre la llevaba puesta, todo el mundo empezó a llamarla Caperucita Roja.

Una mañana soleada, la madre de Caperucita le pidió que le llevara unos pasteles y zumo de manzana a su abuelita, que estaba enferma en cama.

Caperucita quería mucho a su abuela, de modo que se alegró mucho de ir a visitarla.

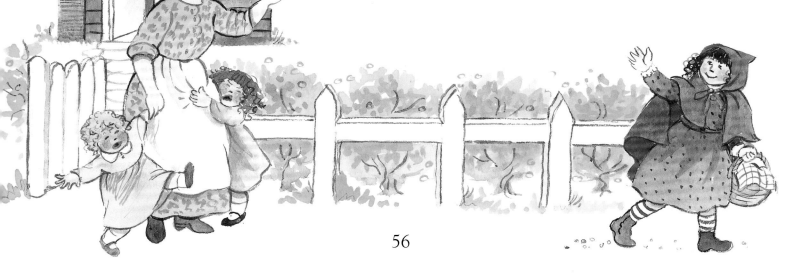

CAPERUCITA ROJA

–No tardes –le dijo su madre–. Ve directamente a casa de la abuela y no te entretengas jugando en el bosque.

Caperucita Roja prometió hacer lo que su madre le decía, se despidió de ella y emprendió su ruta.

De camino a casa de su abuelita, Caperucita se encontró con un lobo que merodeaba por el bosque. Pero Caperucita no sabía que los lobos eran malvados, así que lo saludó alegremente:

–¡Buenos días, señor lobo!

–Buenos días, Caperucita –respondió el lobo–. ¿Adónde te diriges?

–Voy a visitar a mi abuelita, que está enferma en la cama –le explicó Caperucita Roja.

CAPERUCITA ROJA

–¿Y qué llevas en esa cesta, Caperucita? –preguntó el lobo.

–Unos pasteles y una jarra de zumo de manzana –respondió Caperucita Roja.

–¿Y dónde vive tu abuelita? –preguntó el lobo.

–Vive en el bosque, cerca de aquí –respondió Caperucita–. Su casa es fácil de encontrar. Está junto al lago.

El motivo por el que el lobo le hacía todas aquellas preguntas era porque, en realidad, había planeado comerse a Caperucita Roja y a su abuelita. Rápidamente urdió un astuto plan.

–Caperucita –le dijo– tengo una idea. ¿Por qué no recoges unas cuantas flores de esas que crecen en el bosque y le regalas un ramo a tu abuelita?

–¡Qué buena idea! –exclamó Caperucita Roja–. A mi abuelita le encantará tener

un ramo de estas bonitas flores sobre su mesa. Seguro que harán que se sienta mejor.

Y tras decir aquello, Caperucita empezó a hacer un gran ramo con las flores más bonitas que encontró. De hecho, estaba tan entretenida buscando flores que no vio al astuto lobo escabullirse para dirigirse rumbo a casa de su abuela. El lobo no tardó en llegar a la casa, y entonces llamó a la puerta.

–¿Quién es? –preguntó la abuelita.

–Soy Caperucita Roja –respondió el lobo–. Te traigo unos pasteles y una jarra de zumo de manzana.

–Entra hijita –respondió la abuelita–, la puerta está abierta.

59

CAPERUCITA ROJA

El lobo entró en la casa y, en cuanto vio a la ancianita tumbada en la cama, corrió hacia ella y se la zampó. Al acabar de comérsela, se disfrazó con su camisón y su gorro de volantes, se tumbó en la cama y se tapó hasta arriba con las sábanas.

Al poco rato llegó Caperucita a toda prisa por el sendero del jardín. Traía un bonito ramo de flores para su abuela. La puerta de la casa seguía abierta, de modo que Caperucita entró y se acercó a la cama. Caperucita sólo veía un pedacito de la cara de su abuela entre las sábanas.

–Abuelita, ¡qué orejas tan grandes tienes! –exclamó.

–Son para oírte mejor –le contestó el lobo.

–Abuelita, abuelita, ¡qué ojos tan grandes tienes! –dijo entonces Caperucita.

–Son para verte mejor –le respondió el lobo.

–Abuelita, abuelita, ¡qué manos tan grandes tienes! –dijo con sorpresa Caperucita Roja.

–Son para abrazarte mejor –dijo el lobo.

–Abuelita, abuelita, ¡qué dientes tan grandes tienes! –exclamó Caperucita.

–¡Son para comerte mejor! –gritó el lobo, que saltó de la cama y se zampó a Caperucita Roja de un bocado.

El lobo se sintió muy lleno después de comerse a Caperucita y le entró sueño. Al fin y al cabo, acababa de comerse también a su abuelita. Regresó a la cama, se quedó dormido y empezó a roncar con gran estruendo.

Dio la casualidad de que pasaba por allí un cazador y oyó los ronquidos del lobo. Miró por la ventana y, al verlo tumbado en la cama, pensó que debía haberse comido a la anciana. Mientras el lobo estaba dormido, le abrió la tripa con un cuchillo. Para sorpresa del cazador, de la barriga del lobo salieron la ancianita y Caperucita Roja. Por suerte, el cazador había llegado a tiempo y ambas seguían con vida.

Caperucita Roja y su abuelita le dieron las gracias al cazador por salvarlas, y el cazador se llevó la piel del lobo como trofeo de caza.

Caperucita Roja y su abuelita se comieron los pasteles y se bebieron el zumo de manzana, y enseguida la abuelita empezó a sentirse mejor. ¿Y qué pasó con Caperucita Roja? Pues bien, ¡decidió que nunca más volvería a hablar con un lobo!

El tesoro oculto

Pablo vivía en una antigua mansión con un jardín laberíntico. Era una mansión espeluznante, de modo que Pablo prefería pasar el tiempo en el jardín. Pasaba horas jugando al fútbol en el césped, trepando a las copas de los árboles del huerto o contemplando ensimismado el estanque por si aparecía algún pez. Era un jardín fantástico para jugar, pero en el fondo Pablo no era feliz porque estaba solo. ¡Cómo le habría gustado tener a alguien con quien jugar! Sería tan divertido jugar al fútbol o ir de pesca con un amigo… Tenía muchos compañeros en la escuela, pero hasta su casa había un largo viaje en autobús y, además, a sus amigos la casa de Pablo les daba tanto miedo que sólo la habían visitado una vez.

Un día, Pablo andaba rebuscando por el jardín con un palo. Esperaba encontrar pequeños animalillos interesantes para examinarlos. Cada vez que veía un animal nuevo, lo dibujaba e intentaba averiguar su nombre. Hasta entonces había descubierto ocho tipos de caracoles y seis mariquitas distintas. Mientras fisgaba bajo unas hojas vio un trozo de metal que sobresalía del suelo. Se agachó y lo arrancó. De repente se encontró con una vieja llave oxidada en la mano. Era una llave bastante grande. Pablo le retiró la tierra y vio que tenía unos bonitos dibujos tallados.

Pablo se llevó la llave a casa, la limpió y le sacó brillo. Luego se dispuso a encontrar la cerradura en la que encajaba. Primero probó en la cerradura de la verja del viejo jardín, que había estado cerrada desde que él tenía memoria, pero la llave era demasiado pequeña. Luego probó a abrir el reloj de pie que había en el vestíbulo, pero la llave tampoco coincidía. Entonces recordó un viejo osito tamborilero mecánico. Pablo no había jugado con él desde hacía tiempo y probó con entusiasmo si la llave servía para

darle cuerda, pero en este caso era demasiado grande. Se le ocurrió entonces otra idea.

–Quizá la llave sea de algún objeto del desván –pensó.

Normalmente no se atrevía a subir al desván porque era un lugar aterrador, pero estaba tan decidido a encontrar la cerradura de la llave que subió las escaleras de dos en dos, haciendo acopio de toda su valentía, y abrió la puerta. El desván estaba iluminado con una luz tenue, lleno de polvo y de telarañas. Las tuberías silbaban y crujían, y Pablo se estremeció de miedo. Empezó a buscar bajo las sábanas con las que se habían tapado algunos objetos para que no se llenaran de polvo y abrió algunas cajas viejas, pero no encontró nada que pareciera necesitar una llave para abrirse. Entonces vio un gran libro que sobresalía de un estante. Era uno de esos libros que se cierran con un candado. Pablo bajó el libro, que era muy pesado, y lo puso en el suelo. Las manos le temblaban al introducir la llave en el candado. Encajaba a la perfección. Le dio una vuelta y el candado se abrió, soltando una nube de polvo. Pablo se limpió el polvo de los ojos, abrió lentamente el libro y lo hojeó.

¡Qué desengaño! Las páginas estaban llenas de texto con una caligrafía minúscula y sin dibujos. Pablo estaba a punto de cerrar el libro de nuevo cuando oyó una voz. ¡Y la voz procedía del libro!

–Has descubierto mis secretos –le decía–. Si lo que buscas son aventuras, métete en mis páginas.

Pablo sentía tanta curiosidad que se metió en el libro. En cuanto puso el pie en las páginas, notó cómo caía dentro del libro. De repente se encontró en la cubierta de un barco. Alzó la vista y vio una bandera negra hecha jirones izada en un mástil. ¡Estaba en un barco pirata! Bajó la vista y vio que iba vestido de pirata.

El barco navegaba tranquilamente cuando Pablo vio unas rocas peligrosas en el agua… ¡Iban directos a ellas! Antes de poder gritar, el barco había encallado y los piratas se arrojaban por la borda para llegar a la orilla a nado. Pablo se tiró al mar y nadó con ellos.

El agua estaba fantástica y, al llegar a la orilla, sintió la cálida arena entre los dedos de los pies. ¡No podía creerlo! Estaba en una isla desierta. Los piratas partieron en busca de algo con lo que construir un refugio; Pablo se unió a ellos. Bajo una roca encontró un libro, un libro que le resultaba familiar. Estaba seguro de haberlo visto antes. Aún estaba cavilando sobre aquello cuando uno de los piratas se acercó corriendo hacia él blandiendo un cuchillo.

–¡Tú, ladrón, me has robado mis rubíes! –lo acusó el pirata con tono amenazante. ¿Qué podía hacer Pablo?

Entonces oyó que una voz que salía del libro lo llamaba.

–¡Rápido! Métete en mis páginas. –Sin pensárselo dos veces, Pablo se coló en las páginas del libro y regresó al desván de su casa.

Pablo inspeccionó atentamente la página de la que acababa de salir. Se titulaba *Los piratas y el tesoro robado*. Pablo leyó la página y descubrió que aquellas palabras describían exactamente la aventura que acababa de vivir. Entonces abrió el libro por la página del índice y leyó los títulos de los distintos capítulos. *Viaje a Marte*, leyó, y *El castillo submarino*. Algo más abajo decía: *El coche mágico* y *Viaje a la selva*. Pablo se estremeció de emoción.

Se dio cuenta de que podía abrir aquel libro por cualquier página y convertirse en parte de la aventura que se narraba en ella. Y para regresar al desván lo único que tenía que hacer era encontrar el libro y volverse a meter en sus páginas.

Tras aquel día, Pablo vivió muchas aventuras. Hizo muchos amigos en los cuentos y se escapó de muchos peligros por los pelos. Pero siempre encontró el libro a tiempo… y nunca más volvió a sentirse solo.

Pedro y el dragón

Érase una vez un niño llamado Pedro que vivía en una casa normal, con un padre y una madre normales, una hermana normal y un gato normal llamado Minino. De hecho, todo en su vida era tan normal que a veces deseaba que le ocurriera algo extraordinario.

–¿Por qué no viene un gigante y aplasta la casa con su enorme pie? ¿Por qué no se llevará un pirata a mi hermana como rehén? –se preguntaba. Pero cada día, Pedro se despertaba por la mañana y todo seguía exactamente igual que el día anterior.

Una mañana, un olor extraño despertó a Pedro. Al mirar por la ventana de su dormitorio, vio que el jardín de delante de su casa estaba chamuscado. De la hierba salía humo y al fondo había arbustos en llamas.

70

PEDRO Y EL DRAGÓN

Pedro bajó corriendo y salió a la calle por la puerta delantera.
Fue al jardín por el sendero, guiándose por la columna de humo
y la hierba en llamas. Pero cada vez estaba más desconcertado,
porque no había rastro de la causa de aquel incendio.

Estaba a punto de regresar a casa y contarles lo que había visto
a sus padres cuando oyó un resuello que procedía de la maleza.
Apartó los arbustos con las manos con cuidado y encontró a un
animalillo. Era verde, tenía la piel escamada, un par de alas y un
largo hocico lleno de dientes afilados. De vez en cuando sacaba
una llamarada de fuego por los orificios de la nariz, y al hacerlo
prendía fuego a la hierba de alrededor.

—¡Un dragón pequeñito! —exclamó Pedro. Grandes lágrimas
brotaban de los ojos del dragón y se deslizaban por sus mejillas
escamadas mientras agitaba las alas desesperadamente para intentar
volar. Al ver a Pedro, dejó de agitar las alas.

—¿Dónde estoy? —preguntó entre sollozos.

—¿Dónde te gustaría estar? —le dijo Pedro.

—Me gustaría estar en Dragonlandia con mis amigos —respondió el dragón—. Íbamos volando todos juntos, pero no pude seguirles el ritmo. Me cansé y me detuve a descansar. Los llamé, pero no me oyeron. Luego tuve que parar para recuperar el aliento. Ahora no sé dónde estoy ni si volveré a ver a mis amigos alguna vez.

Y tras decir aquello, el dragón rompió a llorar de nuevo.

—Seguro que puedo ayudarte. Te llevaré a casa —le aseguró Pedro, aunque no tenía ni idea de cómo hacerlo.

—¿Tú? —susurró una voz cercana—. ¿Cómo podrías ayudarle tú? ¡No eres más que un niño! —Pedro volvió la vista y, para su asombro, se encontró a Minino sentado detrás de él—. ¿Qué vas a hacer? ¡Sacar una varita mágica? —continuó Minino—. Hay que llamar a un experto —dijo, dándole la espalda a Pedro y al dragón para lamerse las zarpas.

Pedro no salía de su asombro. Nunca antes había oído hablar a Minino. Siempre había pensado que era un gato normal.

—¿Qué... qué quieres decir? —balbuceó.

—Bueno —dijo Minino, mirando por encima del hombro a Pedro—. Quizá ese caballo de allí pueda ayudarnos. Seguidme.

Pedro y el bebé dragón, cuyo nombre era Centella, siguieron a Minino hasta donde se encontraba el caballo, en un prado. Minino saltó la valla, se acercó al caballo y le susurró algo al oído. El caballo se detuvo a pensar y luego murmuró algo a Minino.

–Dice que tiene un amigo en el otro lado del bosque que podría ayudarnos –dijo Minino.

–Pero ¿cómo? –preguntó Pedro perplejo.

–¡Ten paciencia! ¡Seguidme! –dijo Minino caminando ofendido por la hierba–. Y dile a tu amigo que deje de prenderle fuego a todo –añadió. Para su horror, Pedro vio que Centella iba dejando a sus espaldas un reguero de fuego.

–No puedo evitarlo –se lamentó Centella, a punto de estallar en lágrimas otra vez–. Cada vez que respiro empiezo a resollar y luego echo fuego por la nariz.

–Yo te llevaré en brazos –se ofreció Pedro. Cogió a Centella en brazos y corrió tras Minino. Era algo muy extraño; el dragón tenía el cuerpo frío y húmedo, pero seguía echando humo por la boca, lo cual hacía que a Pedro se le llenaran los ojos de lágrimas.

Pedro atravesó corriendo el bosque, sin perder de vista la cola erguida de Minino. Al otro lado del bosque había otro prado, y en él había un caballo, pero no era un caballo normal. Pedro se detuvo en seco y se lo quedó mirando atónito. Era un caballo blanco como la leche y de su frente salía un largo cuerno.

–¡Es un unicornio! –exclamó.

Minino estaba ya hablando con el unicornio. Le hizo una seña con la zarpa a Pedro para que se acercara.

–Él llevará a tu amigo. Y tú también puedes ir, si quieres.

Y tras aquellas palabras, Minino se fue.

–Subid a mi lomo –dijo el unicornio amablemente.

Pedro y el dragón montaron en el unicornio.

–¡Vaya aventura! –pensó Pedro mientras alzaban el vuelo.

Centella se agarraba con fuerza a la mano de Pedro con su zarpa húmeda. Al final, Pedro vio una montaña a través de las nubes. Empezaron a descender y el unicornio aterrizó en la cima.

–¡Ya estoy en casa! –gritó Centella feliz al aterrizar. Y así era, a decir por los dragones que venían corriendo a darle la bienvenida. Parecían amistosos, pero algunos de ellos eran muy grandes y uno echaba grandes llamaradas de fuego por la nariz.

–Ahora debo irme –dijo Pedro algo nervioso, mientras Centella saltaba del lomo del unicornio y se posaba volando en el suelo. El unicornio volvió a despegar y regresaron al campo enseguida.

Tras deslizarse por el lomo del unicornio, Pedro se giró para darle las gracias, pero lo que vio fue un caballo normal sin ningún cuerno. Pedro regresó a casa campo a través, pero tampoco había rastro alguno de hierba quemada. Llegó al pequeño jardín de delante de su casa y comprobó que se encontraba en perfecto estado. Pedro estaba cada vez más perplejo.

–Espero que Minino me explique lo que ha ocurrido –pensó, mientras el gato pasaba a su lado–. Minino, he llevado al dragoncito a casa. ¿Qué ha pasado con la hierba quemada? –le preguntó.

Pero Minino no dijo ni una palabra. Pasó de largo y se enroscó en su cesta. Sin embargo, cuando Pedro no miraba, Minino lo miró como queriéndole preguntar: ¿Qué? ¿Has disfrutado de tu aventura?

El señor Ardilla no quería dormir

Era otoño. Las hojas caían de los árboles en el bosque y el aire empezaba a ser frío. Todos los animales comenzaban a prepararse para el invierno.

Una noche, el señor Zorro regresó de cazar y le dijo a su esposa:

–Empieza a hacer frío y ya no hay mucha comida por ahí. Será mejor que empecemos a guardar provisiones para pasar el invierno.

–Tienes razón, señor Zorro –le respondió su esposa, mientras conducía a sus cachorros hasta la guarida.

–Me encantaría salir a pescar –dijo el señor Oso–, pero tendré que esperar hasta la primavera. Se metió en su guarida y cerró bien la puerta para pasar el invierno.

–Me voy de vacaciones al sol –anunció la señora Cucú, arreglándose las plumas–. ¡Hasta el año que viene! –se despidió, alzando el vuelo para dirigirse hacia el sur.

La señora Ratona pasó corriendo con mucha paja en la boca.

–Debo darme prisa –chilló–, o no acabaré mi cama a tiempo. –Y al momento estaba enroscada en su cola para estar calentita.

Sólo el señor Ardilla no estaba preparado para el invierno. Seguía correteando por su árbol, saltando de rama en rama y persiguiendo su propia cola.

—¡Ja, ja! —se reía en tono fanfarrón—. Yo no tengo que prepararme para el invierno. Tengo provisiones de frutos secos a buen recaudo y una bonita cola mullidita con la que calentarme. Además, no tengo ni pizca de sueño. —Y continuó jugando en su árbol.

—¿Sigues despierto? —le preguntó bruscamente el señor Zorro.

—¡Vete a dormir! —le gruñó el señor Oso.

—No hagas ruido, por favor —chilló la señora Ratona, tapándose los oídos con la cola para disfrutar del silencio.

Pero el señor Ardilla no tenía ni pizca de sueño. Seguía danzando y saltando y gritaba:

—¡Me lo estoy pasando en grande!

El invierno llegó. El viento soplaba entre las ramas desnudas de los árboles, el cielo se puso gris y empezó a hacer mucho fío y a nevar. Al principio, el señor Ardilla se divirtió haciendo bolas de nieve, pero empezó a sentirse solo. No tardó en tener hambre y frío.

–¡No hay problema! –se dijo a sí mismo–. Tengo algunos frutos secos que comer. Pero ¿dónde los escondí? Bajó correteando por su árbol y descubrió que el suelo estaba cubierto por una gruesa capa de nieve. Fue de un sitio a otro intentando encontrar sus escondrijos, pero todo el bosque parecía igual al estar cubierto de nieve y se sintió perdido.

–¿Y ahora qué hago? –gimoteó, porque estaba temblando de frío y tenía hambre, y su bonita cola estaba mojada y desaliñada.

De repente le pareció oír una vocecilla. Pero ¿a quién pertenecía? Echó un vistazo a su alrededor, pero no había rastro de animal alguno. Luego se dio cuenta de que la vocecilla salía de debajo de la nieve.

–¡Date prisa! –decía–. Puedes bajar conmigo aquí, pero tendrás que excavar un camino hasta mi puerta!

El señor Ardilla empezó a excavar con frenesí con sus patas delanteras y consiguió abrirse camino hasta una puerta escondida bajo el tocón de un árbol. La puerta estaba entreabierta para que el señor Ardilla pudiera colarse por el hueco y entrar.

Llegó a una estancia cálida y confortable en la que había una chimenea encendida. Junto al fuego había un elfo diminuto.

–Te he oído correteando por ahí y he pensado que tal vez necesitaras un refugio –dijo el elfo–. Ven a calentarte al fuego.

–El señor Ardilla aceptó con gusto y pronto estuvo calentito.

–Esta no es mi casa, ¿sabes? –le explicó el elfo–. Creo que forma parte de una antigua tejonera. Me perdí en el bosque y, cuando encontré este sitio, decidí permanecer aquí hasta la primavera. Aunque no sé si lograré encontrar el camino de vuelta a casa algún día. –Una lágrima se deslizó por la mejilla del elfo.

–¡He sido un insensato! –confesó el señor Ardilla–. Si no fuera por ti, probablemente habría muerto. Estoy en deuda contigo. Si me dejas quedarme hasta la primavera, te ayudaré a encontrar tu casa.

–Por supuesto que puedes quedarte aquí –aseguró el elfo–. Me encantará tener compañía.

–De modo que el señor Ardilla se instaló usando su cola como manta y pronto cayó dormido.

Pasaron muchos días y noches, hasta que un día el elfo asomó la cabeza por la puerta y exclamó:

–¡La nieve se ha derretido! Ya viene la primavera. Despiértate, señor Ardilla.

–El señor Ardilla se frotó los ojos y miró fuera de la tejonera. Empezaban a verse fragmentos de azul en el cielo y oyó el trino de un pajarillo.

–Súbete a mi lomo –le dijo el señor Ardilla al elfo–. Voy a enseñarte el mundo. –Atravesaron el bosque en busca del árbol más alto–. ¡Agárrate fuerte! –le indicó mientras trepaba por las ramas hasta llegar a la cima del árbol–. Ahora ya puedes mirar –dijo el señor Ardilla, tras comprobar que el elfo se había tapado los ojos con las manos. El elfo se destapó los ojos y se quedó observando el bosque. Nunca había visto algo como aquello. En todas las direcciones, hasta donde le alcanzaba la vista, se extendían montañas, lagos, ríos, bosques y campos.

–¿Qué es eso de color azul plateado que se ve a lo lejos? –preguntó el elfo.

–¡Es el mar! –le respondió el señor Ardilla.

De repente, el elfo empezó a saltar de alegría.

–¿Qué sucede? –le preguntó el señor Ardilla.

–¡Veo mi casa! –gritó el elfo, señalando hacia el valle que había bajo el bosque–. Ahí está mi esposa sentada al sol. Debo regresar a casa, señor Ardilla. Gracias por mostrarme el mundo, porque sin ti nunca habría encontrado mi hogar.

Y tras decir aquello bajó del árbol y regresó a su casa.

El señor Ardilla volvió a su árbol de siempre.

–¿Dónde has estado? –le preguntó el señor Zorro.

–Te hemos estado buscando –le dijo el señor Oso.

–Me alegro de que estés en casa –le dijo la señora Ratona.

–Yo también –respondió el señor Ardilla–. He sido un tonto, pero he aprendido bien la lección. Y ahora, vamos a celebrarlo. ¡Tengo muchos frutos secos y no deben echarse a perder!

Los animales celebraron la llegada de la primavera con un banquete. Y el señor Ardilla prometió portarse bien el próximo invierno.

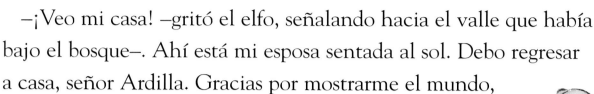
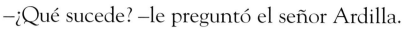

La bufanda perdida

Canga estaba muy orgullosa de su bufanda de punto rayada.
La había tejido ella misma, y había hecho otra igual un poco más
pequeña para su hijo, Marsu. Canga solía ir saltando por el monte
con la bufanda ondeando al viento, mientras que a Marsu se lo
podía ver asomándose por la bolsa que su mamá tenía en la barriga
para transportarlo. Marsu creció y se hizo demasiado grande para
que Canga lo llevara a cuestas, pero seguía luciendo al cuello la
bufanda de rayas mientras brincaba junto a su madre.

Un día, al despertarse, Canga se dio cuenta de que había perdido
su bufanda. La buscó por todas partes, pero no la encontró. Al final
decidió ir a buscarla al monte.

82

–Quédate aquí –le dijo a Marsu–. No tardaré. Seguro que encontraré la bufanda enseguida.

Canga se adentró en el monte y empezó a buscar entre los arbustos. Había caminado bastante cuando, al mirar hacia las ramas de un eucalipto, vio a la osa Koala. Normalmente, Koala estaba dormida, pero en aquel momento estaba preparando la comida a base de hojas de eucalipto para sus hijitos. Canga miró a Koala y se quedó boquiabierta… porque la osa Koala llevaba su bufanda alrededor de la barriga. Luego, para horror de Canga, ¡vio a Koala usar un extremo de la bufanda para secar las tazas del té!

–Koala –le dijo Canga–. ¿Qué crees que estás haciendo?

Koala paró de limpiar las tazas, miró hacia abajo a través de las ramas del eucalipto y vio a Canga.

–Estoy secando las tazas del té con mi delantal –contestó con voz somnolienta–, ¡y te agradecería que no me molestaras!

Y tras pronunciar aquellas palabras, bostezó y trepó un poco más arriba del árbol.

La pobre Canga sintió una enorme vergüenza. ¿Cómo podía haber confundido el delantal a rayas de Koala con su bufanda? Se alejó de allí brincando y se adentró aún más en el monte. Transcurrido un rato oyó la risa familiar de Cucaburra cerca.

—Ya sé lo que haré —pensó Canga—, le preguntaré si ha visto mi bufanda. Podrá verla fácilmente desde el cielo. —Siguió el sonido del canto de Cucaburra hasta llegar bajo el árbol donde vivía. Canga estaba a punto de llamarla cuando volvió a quedarse boquiabierta. Y es que Cucaburra llevaba su bufanda en el pico.

—Cucaburra —la llamó—, ¿qué crees que estás haciendo?

—Estoy forrando mi nido —masculló Cucaburra, porque tenía un montón de plumas rayadas en el pico—. Y te agradecería que me dejaras hacerlo tranquila —añadió con voz ahora más clara, puesto que había llegado al nido y estaba disponiendo ya las plumas cuidadosamente en su interior.

La pobre Canga se sintió aún más abochornada. ¿Cómo podía haber confundido su bufanda con aquellas plumas? Se fue de allí brincando y se adentró aún más en el monte. Al cabo de un rato llegó a una llanura y vio a Emú corriendo con sus polluelos a cuestas. Al pasar ante ella, Canga volvió a quedarse boquiabierta… porque Emú había utilizado su bufanda para arropar a sus polluelos.

–Emú –le dijo Canga–, ¿qué crees que estás haciendo?

–Pongo a mis polluelos a salvo –le contestó Emú, alzando la vista al cielo y dándose prisa–. Y tú deberías hacer lo mismo –añadió.

Entonces Canga se dio cuenta de que lo que había pensado que era su bufanda no eran más que los polluelos rayados de Emú.

La pobre Canga sintió un ataque de vergüenza. ¿Cómo podía haber cometido aquel error? Entonces notó unas gotas de lluvia en la nariz y, al mirar hacia el cielo, vio un enorme nubarrón negro sobre ella. No había tiempo que perder: tenía que buscar cobijo.

Corrió a refugiarse bajo unos árboles que bordeaban la llanura y pronto llegó junto a un arroyo. Caminó por la orilla, con frío, empapada, cansada y triste. Al cabo de un rato se tumbó en la hierba mojada junto al riachuelo e intentó dormirse. Estaba tiritando de frío y se preguntaba cómo estaría Marsu y si se estaría portando bien. Esperaba que no hubiera hecho ninguna diablura.

Entonces alguien le dio una palmadita en el hombro. Al volver la vista vio a Ornitorrinca.

—Te he oído desde mi madriguera, que está allí —le dijo, señalando hacia un agujero que había junto al arroyo—. He pensado que esto podría irte bien para calentarte —añadió.

—¡Mi bufanda! —exclamó Canga.

—¡Vaya! No sabía que era tuya —le dijo Ornitorrinca—. La he utilizado como manta para mis pequeños. Hace mucho frío y mucha humedad en mi madriguera, ¿sabes? —añadió con tristeza.

—¿Dónde la encontraste? —le preguntó Canga.

—Se había quedado enganchada a unas zarzas y sé que no debería haberla cogido, pero pensé que me iría muy bien para mantener a mis pequeños calentitos –contestó Ornitorrinca entre sollozos.

–Vamos –la animó Canga–. No llores. Quédate la bufanda. Tú la necesitas más que yo.

Ornitorrinca dejó de llorar y la miró rebosante de alegría.

–Gracias –le dijo.

–No, gracias a ti –le contestó Canga–. He aprendido una buena lección: no hay por qué disgustarse por una bufanda. He reñido con todas mis amigas por una tontería.

Canga regresó a casa, pero tardó bastante porque de camino se detuvo a disculparse ante todas sus amigas. Cuando les explicó lo ocurrido a Emú, Cucaburra y Koala, todas la perdonaron y, al llegar a casa, ya se sentía mucho mejor. Marsu estaba allí para recibirla.

–¿Qué has hecho mientras estaba fuera? –le preguntó.

–Te he hecho esto –le contestó él y le regaló una bufanda.

Era una bufanda muy curiosa, hecha de ramitas, hierba y plumas, y a Canga le gustó muchísimo.

–¡Es mucho mejor que mi vieja bufanda! –dijo, abrazando con cariño a Marsu.

El oso y el reino de hielo

Érase una vez un rey de una tierra muy lejana. Tenía un reino soleado y bonito, con bosques frondosos, praderas verdes y ríos resplandecientes. El rey de aquella tierra tenía una hija a la que quería mucho, una princesa que algún día gobernaría aquel reino.

Más allá de las tierras del rey había otro reino, un reino muy distinto. Era un lugar gélido, azotado por el viento, con llanuras nevadas y mares congelados; el sol nunca lo calentaba, allí siempre era invierno. El frío transformaba en hielo a todo aquel que se aventuraba a entrar en aquel lugar. Reinaba allí un ogro malvado, cuyo deseo era poseer las tierras cálidas de su vecino.

Un buen día, el ogro malvado urdió un astuto plan para hacerse con el reino que tanto ansiaba. Decidió raptar a la hija del rey. Una vez que la princesa entrara en el reino de hielo del ogro, ella también quedaría convertida en hielo. Con el tiempo, el rey moriría y, si no había nadie que heredara su trono, el ogro podría hacerse con él.

Así que, un día, el ogro malvado abandonó su frío reino y viajó hasta el reino vecino disfrazado de mercader. Llevaba a hombros un gran saco con algunas muestras de tejidos y joyas. El ogro malvado llegó hasta las puertas del castillo y preguntó si podía mostrar sus mercancías a la princesa. La princesa accedió y lo condujo hasta una estancia donde el ogro expuso sus telas y joyas sobre una mesa. Pero, tan pronto como la princesa empezó a examinarlas, el ogro malvado la metió en el saco y se la llevó.

Al notar el frío del reino del ogro malvado, la princesa quedó congelada en el acto.

El ogro malvado pensó que ahora sólo tenía que esperar a que el rey muriera de viejo o de pena, y el reino sería suyo. Sin embargo, pese a la astucia del ogro, uno de los cortesanos se había percatado de sus maléficas intenciones. El rey mandó a su ejército al reino de hielo para rescatar a su hija, pero en cuanto los soldados entraron en él, quedaron convertidos en hielo.

El rey estaba desesperado. Parecía no existir modo de recuperar a su amada hija. Entonces un día se le ocurrió una idea. Envió una proclama a todos los rincones de su tierra anunciando que recompensaría a quien rescatara a su hija con cualquier regalo que estuviera en sus manos otorgarle.

Muchos aventureros intentaron rescatar a la princesa con la esperanza de poder pedir su mano en matrimonio o de recibir riquezas y tierras como recompensa. Pero todo aquel que se adentró en el reino de hielo del ogro malvado conoció el mismo destino: todos los aventureros se convirtieron en hielo.

Un buen día, el oso bailarín de la Corte leyó la proclama real y solicitó audiencia con el rey.

—Majestad —le dijo el oso bailarín—, tengo un plan para rescatar a su hija, la princesa.

—¿Y cuál es ese plan? —le preguntó el rey.

—Mi plan es secreto, Majestad —contestó el oso bailarín—. Pero, si confía en mí, le prometo que traeré a su hija a casa sana y salva.

El rey autorizó al oso bailarín a intentar rescatar a su hija. Al fin y al cabo, todos los intentos anteriores habían fracasado y no tenía nada que perder. El oso bailarín fue liberado de sus cadenas y partió de inmediato a cumplir su cometido. Anduvo día y noche hasta llegar finalmente a su destino, un lugar frío y nevado donde habitaba su primo. Sin embargo, su primo no era un oso como él. El oso bailarín era pequeño y marrón, mientras que su primo era grande y blanco. A su primo le encantaban la nieve y el frío, porque llevaba un grueso abrigo de piel; era un oso polar.

El oso bailarín le explicó a su primo lo que le había ocurrido a la hija del rey. El oso polar accedió a rescatarla. El oso bailarín tenía muchísimas ganas de irse, porque la casa nevada de su primo era demasiado fría para él. Regresaron juntos hasta las tierras del rey y, desde allí, el oso polar continuó su camino solo para intentar rescatar a la princesa.

Pronto llegó al reino de hielo del ogro malvado. El oso polar notó el azote de un viento gélido que soplaba sobre él, pero su grueso abrigo de piel lo mantuvo calentito. Luego cayó una enorme tormenta de nieve, pero al oso polar le bastó con sacudirse el pelaje y la nieve cayó al suelo. Prosiguió su camino hasta llegar al castillo del ogro malvado.

El ogro jamás había previsto que nadie pudiera entrar en su frío reino sin convertirse en hielo, así que nunca cerraba las puertas con llave. Mientras el ogro roncaba en su habitación, el oso polar buscó a hurtadillas a la princesa congelada en el castillo.

La cogió delicadamente entre sus brazos y estaban a punto de escapar de allí cuando de repente el ogro se despertó.

El ogro intentó arrancar a la princesa del abrazo del oso polar, pero este lo derribó de un zarpazo y el ogro cayó muerto. Entonces, el oso polar sacó a la princesa del reino de hielo y en cuanto entró en las tierras del cálido reino de su padre, la princesa revivió.

El retorno de la princesa, como era de esperar, fue recibido con gran alegría, y lo primero que hizo el rey fue llamar al oso bailarín.

—Has cumplido tu promesa —le dijo el rey—, y ahora yo cumpliré la mía. ¿Cuál es tu deseo?

—Lo único que pido, su Majestad, es ser libre para poder deambular por los bosques de vuestro reino.

El rey le concedió su deseo. Y como recompensa, otorgó al oso polar el reino de hielo, un lugar gélido ideal para él.

Jack y la habichuela gigante

Érase una vez una mujer que vivía con su único hijo, llamado Jack, en una casita en ruinas en una pradera cerca de un pinar. La mujer y su hijo eran muy pobres, y cada invierno se volvían más pobres. Tras un invierno especialmente frío y cruel en el que la tierra se heló, la mujer miró a su hijo y le dijo:

–Jack, sólo nos queda una cosa por vender. Debes llevar nuestra vieja vaca marrón al mercado mañana y vender su carne: es lo único que podemos hacer si no queremos morir de hambre, ¡así que ve con cuidado y consigue un buen precio por ella!

A la mañana siguiente, Jack cogió a la vieja vaca marrón del collar y emprendió el largo viaje hasta el pueblo.

JACK Y LA HABICHUELA GIGANTE

Por el camino, Jack se detuvo a comerse su chusco de pan. En ese momento, pasaba por allí un granjero, quien se detuvo a charlar con él. Cuando Jack le contó adónde se dirigía y por qué, el granjero miró la vieja vaca de Jack y se rascó la barbilla pensativamente.

—Te cambio estas habichuelas secas por tu vieja vaca marrón.

Jack miró las habichuelas que el granjero tenía en la mano y dijo que no con la cabeza.

—Lo siento —dijo—, pero tengo que vender la vaca para que mi madre y yo podamos comprar pan.

El granjero le prometió que si le cambiaba la vaca por aquellas habichuelas se haría rico. Al final, Jack accedió y regresó a casa con las habichuelas en el bolsillo. Enseguida le contó a su madre la aventura, pero ella rompió a llorar al saber que había regalado la vieja vaca y que lo único que les quedaba eran unas simples habichuelas. Cogió las habichuelas muy enfadada y las arrojó por la ventana.

Al amanecer, Jack se despertó y descubrió un inmenso tallo de habichuelas que había brotado durante la noche al lado de la ventana. Corrió abajo y miró aquel enorme tallo: era incluso más alto que el más alto de los árboles del pinar cercano y desaparecía entre las nubes. Jack decidió trepar por él.

Trepó y trepó. Y trepó tan alto que, al mirar hacia abajo, la casita en ruinas parecía una mancha diminuta en la lejanía. Pero seguía sin ver dónde acababa aquel tallo, de modo que continuó trepando. Atravesó las nubes y, al llegar a la punta del tallo, le sorprendió descubrir allí una tierra muy distinta a la que había dejado abajo.

Todo en ella era ENORME. Los árboles eran gigantescos, la hierba le llegaba por el hombro y, en la distancia, divisó el castillo más grande que jamás había visto. Justo cuando Jack empezó a caminar hacia el castillo, oyó un estruendo en la hierba por detrás y, al volver la vista, descubrió a una giganta de pie frente a él.

–Humm… estás muy flaco –dijo la giganta–, así que ni me molestaré en comerte. Sin embargo, tal vez me resultes de utilidad en casa para ocuparte de las aburridas tareas domésticas. –Y tras decir aquello cogió a Jack, se lo guardó en el bolsillo del delantal y lo llevó al castillo. De camino le advirtió que no dejara que su marido lo viera–. El último criado que tuve lo convirtió en mermelada, y ahora está buscando uno nuevo para machacarlo y convertirlo en pan –le dijo con voz pausada.

Al rato, Jack notó cómo el castillo temblaba al acercarse el gigante y se escondió detrás del cubo para el carbón.

–Ñam, ñam –bramó el gigante–. Huelo a carne de humano. Vivo o muerto, le machacaré los huesos y lo convertiré en pan.

–No seas tonto –le dijo la giganta–, nunca te has cambiado los calcetines; son tus pies lo que hueles.

Satisfecho con aquella respuesta, el gigante se sentó y empezó a contar su dinero. Jack asomó un poco la cabeza de su escondrijo y vio una montaña de monedas de oro sobre la mesa. El gigante las recogió con la mano, las guardó de nuevo en su portamonedas,

puso los pies sobre la mesa y al cabo de un momento se quedó profundamente dormido.

Cuando los estruendosos ronquidos convencieron a Jack de que no había peligro, subió a hurtadillas a la mesa. Arrastró el portamonedas hasta el borde de la mesa, de donde cayó. Al chocar contra el suelo emitió un tremendo CLING, pero el gigante no se despertó. Rápidamente, Jack bajó de la mesa y arrastró el portamonedas hasta la puerta del castillo, de allí hasta la pradera y, por último, descendió por el tallo de habichuelas de nuevo.

Cuando por fin llegó a su hogar con su tesoro y se lo enseñó a su madre, esta lo abrazó llena de alegría y le advirtió que nunca más volviera a trepar por aquel tallo de habichuelas.

Pero Jack decidió regresar al castillo en busca de más tesoros, y al despuntar la mañana se vistió y fue hasta la habichuela gigante para volver a iniciar su largo ascenso. Antes de dejar su casa, se ató un pañuelo rojo a la cabeza y se pintó pecas

98

en la cara para que, al llegar a la punta
del tallo, la giganta no lo reconociera.

Una vez más, la giganta cogió a Jack,
se lo guardó en el bolsillo del delantal y le advirtió sobre el terrible
gigante. Y una vez más, Jack se escondió al notar cómo el castillo
temblaba al acercarse el gigante.

–Ñam, ñam –bramó el gigante–. Huelo a carne de humano.
Vivo o muerto, le machacaré los huesos y lo convertiré en pan.

–¡Quita, hombre! –farfulló la giganta– lo que hueles son tus
sobacos, porque nunca te los has lavado.

Satisfecho con aquella respuesta, el gigante se sentó y pidió que
le trajeran su gallina. ¡Desde su escondrijo, Jack vio con asombro
cómo la gallina ponía un huevo de oro! Al rato, el gigante volvió
a apoyar la cabeza y se quedó dormido.

Al oírlo roncar, Jack trepó a hurtadillas a la mesa, cogió con
cuidado la gallina y luego bajó de la mesa a toda prisa, fue hasta la
puerta del castillo, atravesó la pradera y descendió y descendió por
el tallo gigante. Al regresar con un nuevo tesoro, la madre de Jack
lo estaba esperando. Cuando le mostró la gallina, lo
abrazó y le suplicó que nunca más volviera a
trepar por aquel tallo.

Pero Jack pensó en todos los tesoros de aquel
castillo y, a la mañana siguiente, acudió hasta el
tallo de habichuelas para volver a escalarlo.

99

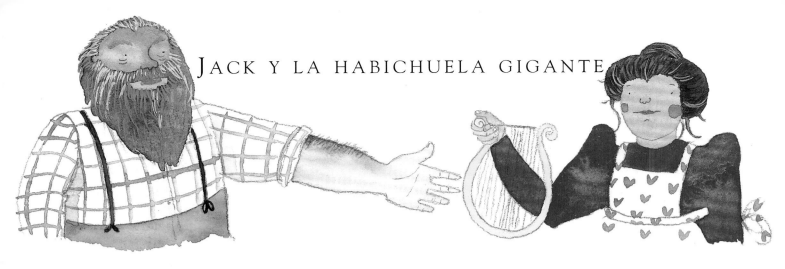

JACK Y LA HABICHUELA GIGANTE

Esta vez, antes de salir de casa, se ató un pañuelo azul a la cabeza y se ensució la cara con tierra, y de nuevo, al llegar a la cima del tallo y encontrarse con la giganta, esta no lo reconoció. Como había ocurrido anteriormente, cogió a Jack, se lo guardó en el bolsillo del delantal y le advirtió sobre el gigante.

Una vez más, el castillo tembló al acercarse el gigante.

–Ñam, ñam. Huelo a carne de humano. Vivo o muerto, le machacaré los huesos y lo convertiré en pan –repitió el gigante.

–¡No digas tonterías! –exclamó la giganta de nuevo–. Serán los piojos de esos pelos que nunca te has peinado lo que hueles.

De nuevo satisfecho, el gigante se sentó y pidió que le trajeran su arpa. Cuando el gigante tocó las cuerdas del arpa, por arte de magia, el arpa empezó a cantar con una cristalina voz de soprano. Aquel sonido adormeció al gigante, que no tardó en desplomarse sobre la mesa. Jack deseaba tanto tener aquel arpa que ni siquiera esperó a oír los ronquidos. Trepó a la mesa y puso las manos en el arpa para arrancarla de debajo de la nariz del gigante dormido, pero, para su horror, el arpa empezó a gritar:

–¡Socorro, auxilio, me están robando!

El gigante se despertó. Con voz estentórea bramó:

–Huelo a carne de humano. Vivo o muerto, le machacaré los huesos y lo convertiré en pan.

Y tras decir aquello salió corriendo detrás de Jack. Pero el gigante no era tan ágil como Jack y este logró escabullirse a toda prisa del castillo, atravesar el prado y llegar a la punta del tallo de habichuelas con el gigante pisándole los talones. Jack descendió por el tallo tan rápidamente como pudo, pero el gigante no andaba lejos. Cuanto más descendía Jack, más se le acercaba el gigante. Cuando estaba casi en el suelo, le gritó a su madre que trajera un hacha y luego saltó del tallo. Cogió el hacha y empezó a talar el tallo con todas sus fuerzas. El gigante estaba casi en el suelo cuando el tallo se desplomó… ¡justo encima de él!, y el gigante quedó aplastado.

A partir de aquel día, gracias al oro que tenían, ni Jack ni su madre tuvieron que volver a preocuparse por el dinero.

Los tres cerditos

Érase una vez tres cerditos que vivían en una granja con su mamá y su papá. Pese a ser sólo tres cerditos, decidieron que ya eran lo suficientemente mayores para defenderse en el ancho mundo, de modo que un día partieron en busca de su propia fortuna.

Tras haber caminado un rato, el cerdito más pequeño empezó a sentirse cansado. Pasaba por allí un granjero con un carro de paja.

–Deténgase, por favor –gritó el cerdito menor–. Hermanitos, vosotros que sois más fuertes, continuad sin mí –dijo–. Yo me construiré una casa con esta paja blandita.

Y así, dejando atrás al cerdito con la paja, sus hermanos prosiguieron su viaje.

Un poco más adelante, el cerdito mediano se sintió cansado. Pasaron entonces junto a un leñador que estaba talando madera.

—¿Me vendería un poco de madera? —le preguntó el cerdito mediano—. Esta madera no es muy pesada ni muy dura; me servirá para construir una casa.

El tercer cerdito prosiguió su viaje. Poco después, él también se sintió muy cansado y algo más adelante en el camino vio a un albañil construir una pared de piedra.

—Ajá —pensó— eso es exactamente lo que necesito para construir mi casa. Un material fuerte y duro como yo.

De modo que compró unas cuantas piedras y se construyó una resistente casa.

Aquella noche, justo cuando el primer cerdito estaba metiéndose en su cómoda cama de paja, escuchó un ruido seco fuera de su casa. Apartó la paja con las manos para echar un vistazo fuera y, asustado, tragó saliva al ver al lobo feroz mirándolo con glotonería.

–Cerdito, cerdito, ¿me dejas entrar?

–¡De ninguna manera! –respondió el primer cerdito temblando de miedo.

–Entonces soplaré y soplaré y la casita derribaré –le advirtió el lobo feroz.

Y así lo hizo. Tomó aire, dio un fuerte soplido y, con un levísimo esfuerzo, la casa salió volando. Antes de que la paja cayera de

nuevo al suelo, el cerdito corrió tan rápidamente como sus patitas le permitieron hasta la casa de su hermano que estaba más cerca.

La noche siguiente, mientras los dos cerditos estaban en la mesa, a punto de cenar, oyeron cómo algo arañaba y olisqueaba fuera de la casa. Miraron por la ventana y se asustaron muchísimo al ver al lobo feroz observándolos con glotonería. La barriga le rugía de hambre.

—Cerditos, cerditos, abridme la puerta.

—¡De ninguna manera! No te dejaremos entrar —respondieron los cerditos temblando de miedo.

—Entonces soplaré y soplaré y la casita derribaré —dijo el lobo.

Y sopló y sopló y la casita derribó. Pero antes de que los troncos cayeran al suelo, los dos cerditos lograron huir corriendo tan rápidamente como les permitieron su cortas patas y buscaron refugio en casa de su hermano mayor.

La noche siguiente, justo en el momento en el que los tres cerditos estaban encendiendo un fuego para calentarse los pies, oyeron crujidos y ruidos fuera de la casa. El cerdito mayor sacó una piedra pequeña de la pared para mirar a través de ella y todos ellos se encogieron de terror al ver al lobo feroz mirándolos con voracidad. ¡La barriga le rugía con gran estruendo y se relamía al pensar en el banquete que se iba a dar en breve!

–Cerditos, cerditos, ¡abridme la puerta!

–¡De ninguna manera! –dijeron los tres cerditos temblando.

–Entonces soplaré y soplaré y la casita derribaré –dijo el lobo feroz.

Y sopló y sopló, pero la casita no se derribó. Cogió entonces mucho aire y sopló con toda la fuerza de que fue capaz. Pero la casita siguió en pie. Se llenó de nuevo los pulmones de tanto aire como pudo y haciendo un esfuerzo enorme sopló y sopló.
Pero ni aún así logró derribar la casita.

Entonces el lobo feroz empezó a escalar por la pared de piedra para llegar a la chimenea que había en el tejado. Los tres cerditos echaron un vistazo a aquella inhóspita estancia de piedra y se miraron muy preocupados: no había ningún sitio en el que esconderse, y ya no podían refugiarse en ningún otro lugar. Tendrían que quedarse allí y enfrentarse al lobo feroz.

De repente, a uno de los tres cerditos se le ocurrió una idea y se la susurró al oído a sus hermanos. Los tres fueron corriendo hasta la chimenea y colgaron un enorme caldero de agua sobre el fuego. Oyeron al lobo escalar por la chimenea. El agua del caldero empezó a hervir. Oyeron al lobo deslizarse por el conducto de la chimenea y aterrizar dentro del caldero de agua hirviendo. Al caer salpicó agua por todas partes y se oyó un sonoro ¡PAF!

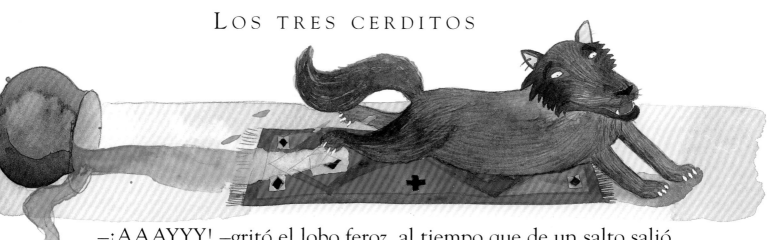

–¡AAAYYY! –gritó el lobo feroz, al tiempo que de un salto salió del caldero de agua hirviendo.

Los tres cerditos corrieron por la habitación intentando apartarse del camino del lobo, hasta que este por fin atravesó la pared de piedra, dejando recortada en ella la silueta de un lobo enorme. El lobo feroz continuó corriendo y gritando mientras se adentraba en el bosque. Aquella fue la última vez que lo vieron.

Los tres cerditos sabían que habían vencido al lobo y que ya nunca más tendrían problemas, así que decidieron construir una casa nueva y cómoda en la que vivir juntos para siempre. Construyeron las paredes con piedra sólida y resistente. Fabricaron mesas de madera suave y cálida, y reunieron montones de paja fresca y blandita para hacerse tres cómodas camas. Era la mejor casa del mundo y allí vivieron felices y comieron perdices.

El regalo de Pedrito

Era por la mañana, el día de su cumpleaños, y Pedrito estaba entusiasmado. Cuando bajó a desayunar, en la mesa había un montón de regalos. Los abrió uno a uno. Había un bonito libro con fotografías de animales de la selva, un coche de carreras de juguete y una gorra de béisbol. Pedrito estaba muy contento con sus regalos, pero ¿dónde estaba el regalo de sus padres?

–Cierra los ojos y abre las manos –le dijo su madre.

Cuando abrió los ojos, Pedrito tenía en las manos un paquete rectangular muy voluminoso. Rasgó el envoltorio y encontró una caja. Dentro había un fantástico y reluciente tren eléctrico.

Pedrito se quedó ensimismado mirando el tren; era tan bonito que no se atrevía ni a tocarlo. Tenía una locomotora y seis vagones, todos ellos perfectamente dispuestos. Sacó la locomotora de la caja. Luego montó las vías y al cabo de un momento el tren ya corría pitando por su dormitorio. Su gata Raspa entró en la habitación y observó el trenecito dando vueltas. Lo vio girar y, en un momento dado, cuando el tren pasaba delante de ella, le dio un zarpazo y lo hizo descarrilar. La locomotora y los seis vagones salieron a trompicones de las vías y acabaron hechos un amasijo.

–¡Mira lo que has hecho! –gimoteó Pedrito mientras recogía el tren y volvía a montarlo.

Los vagones no habían sufrido desperfectos, pero la locomotora se había estrellado contra la pata de la cama y estaba bastante abollada. Pedrito estaba muy enfadado y triste viendo su tren destrozado.

–¡Mi tren nuevo hecho una birria! –se lamentó entre sollozos.

–No te preocupes, Pedrito –lo calmó su madre–. No podemos devolverlo a la tienda, pero mañana podemos llevarlo a un señor que arregla juguetes. Estoy segura de que quedará como nuevo.

Pedrito se puso a jugar con su coche de carreras, se colocó la gorra y leyó su libro, pero lo que en realidad quería era jugar con el tren. Aquella noche se acostó con la locomotora junto a la cama.

Al despertarse, lo primero que hizo fue mirar la locomotora rota. La cogió, esperando ver el metal abollado, pero estaba en perfecto estado. ¡No podía creerlo! Fue corriendo junto a sus padres.

–¡Mirad, mirad! –les gritó. Sus padres estaban tan sorprendidos como él. La locomotora funcionaba y Pedrito jugó todo el día con su tren. ¡Y no dejó entrar a Raspa en la habitación!

Aquella noche Pedrito no conseguía dormir. Daba vueltas y más vueltas en la cama. Entonces oyó un ruido. Era el sonido de su tren circulando por las vías. Entrecerró los ojos para ver en la oscuridad y, efectivamente, distinguió la silueta del trenecito dando vueltas. Pero ¿cómo se había puesto en marcha? ¡No podía hacerlo solo! ¿Habría entrado Raspa a hurtadillas en su habitación y habría accionado el interruptor? A medida que la vista se le fue acostumbrando a la oscuridad, logró distinguir sombras dentro de los vagones. ¿Quiénes eran aquellos misteriosos viajeros? Salió de la cama y se arrodilló junto al tren. Entonces vio que los pasajeros eran personitas que llevaban gorros puntiagudos e iban vestidas con trajes con forma de hoja.

–¡Elfos! –pensó.

En aquel preciso instante, un elfo vio a Pedrito.

–¡Hola! –lo llamó, mientras el tren pasaba por delante a toda prisa–. Vimos que tu tren estaba roto. Teníamos tantas ganas de montarnos que lo reparamos. ¡Espero que no te importe!

EL REGALO DE PEDRITO

–Pedrito estaba tan perplejo que no lograba articular palabra–. Súbete y ven a dar una vuelta con nosotros –lo invitó el elfo cuando el vagón en el que viajaba volvía a acercarse.

Cuando el tren pasó por delante de Pedrito, el elfo se asomó por la ventana y lo cogió de la mano. ¡Pedrito notó cómo se encogía mientras volaba por el aire, y al instante estaba sentado junto al elfo en el vagón de su propio tren eléctrico!

–¡Vamos allá! ¡Agárrate fuerte! –le dijo el elfo mientras el tren se elevaba de las vías y salía volando por la ventana a la noche.

–¿Dónde te apetecería ir? ¿Qué quieres ver? –preguntó el elfo.

–¡Juguetilandia! –respondió Pedrito sin dudarlo. Y el tren se encaminó hacia una vía que ascendía por una montaña de azúcar blanca y rosa. Junto a las vías, los juguetes vivían su día a día. Pedrito vio una muñeca de trapo entrando en un cochecito. Luego vio cómo un marinerito de madera daba cuerda al cochecito y la

muñeca salía a toda velocidad. Vio a tres osos de peluche ir hacia la escuela con sus carteras a cuestas, y a un payaso tocando el tambor.

El tren se detuvo y Pedrito y los elfos descendieron.

–¡Vamos a divertirnos! –dijo un elfo. Habían parado junto a una feria de juguete. Pedrito nunca había visto una feria como aquella. En Juguetilandia, las atracciones eran de verdad. Los caballitos de los tiovivos eran reales. Los autos de choque eran de verdad. ¡Y el cohete lo llevó a la Luna y luego lo trajo de regreso a la Tierra!

–Es hora de irse, Pedrito –dijo un elfo–. Pronto amanecerá.

Pedrito subió al tren y se durmió. Cuando se despertó por la mañana estaba en su cama. El tren estaba quieto en las vías, pero en uno de los vagones había un pedacito de papel en el que alguien había escrito: *ESPERAMOS QUE DISFRUTARAS DE TU VIAJE A JUGUETILANDIA. FIRMADO: LOS ELFOS.*

El lobo y los siete cabritillos

Érase una vez una mamá cabra que tenía siete cabritillos. Todos ellos vivían en una casa diminuta en el borde de un bosque muy extenso y oscuro. Un día, la mamá cabra decidió ir al bosque a buscar comida. Antes de salir, llamó a los siete cabritillos y les dijo:

–Hijos míos, prometedme que mientras esté fuera cerraréis la puerta con llave y estaréis atentos por si viene el lobo feroz. Si lo veis, no le dejéis entrar porque os comerá. Lo reconoceréis por su voz ronca y por sus pezuñas negras.

–Sí, mamá, vete tranquila –respondieron los cabritillos–. Tendremos cuidado.

Así que la mamá cabra se adentró brincando alegremente en el bosque y los cabritillos cerraron la puerta con llave. Al rato, alguien llamó a la puerta y los cabritillos oyeron una voz que decía:

—Abrid la puerta, hijos míos. Soy vuestra mamá. Os he traído un regalo a cada uno.

Pero los cabritillos, al oír una voz tan ronca y tan diferente de la dulce voz de su madre, se dieron cuenta de que era el lobo y dijeron:

—¡No abriremos! Tú no tienes una voz dulce como la de nuestra madre. Tú tienes la voz ronca. ¡Eres el lobo!

El astuto lobo fue a la tienda, robó un tarro de miel y se lo comió para tener la voz más suave. Entonces regresó a la casita del bosque.

—¡Abrid la puerta, hijos míos. Os he traído un regalo a cada uno.

Los cabritillos oyeron aquella voz dulce. Pero el lobo tenía tantas ganas de entrar en la casa que había apoyado sus negras pezuñas en el alféizar de la ventana y, al verlas, los cabritillos le gritaron:

—¡No te abriremos! Nuestra madre tiene unas lindas patas blancas y tú tienes las pezuñas negras. ¡Eres el lobo!

Entonces el lobo regresó al pueblo y se dirigió a la panadería, donde robó un poco de harina con la que se cubrió las patas. Regresó a la casita en el bosque y llamó:

—Hijos míos, ¡abridme la puerta! Soy vuestra madre. Os he traído un regalo a cada uno.

Los cabritillos oyeron la voz dulce, pero no lograban ver ninguna pezuña, de modo que gritaron:

—Enséñanos la patita para que sepamos que de verdad eres nuestra mamá.

Entonces, el lobo feroz levantó sus pezuñas, que, por supuesto, estaban bien blancas gracias a la harina con la que astutamente se las había embadurnado. Los cabritillos pensaron que aquella vez sí era su madre quien llamaba e ingenuamente abrieron la puerta.

El lobo entró en la casa de un salto. Los cabritillos gritaron y corrieron a esconderse. El primero se escondió en un cajón; el segundo, debajo de la cama; el tercero, bajo las sábanas; el cuarto saltó dentro de un armario; el quinto se metió en el horno; el sexto se escondió debajo del lavamanos, y el más pequeñito dentro del reloj de pie. Pero el lobo los encontró a todos y los devoró..., excepto al pequeñín. Después de darse aquel banquete, el lobo se sintió muy lleno y le entró un sueño terrible. Salió de la casa y se tumbó en una pradera cercana, donde se quedó dormido.

Cuando la mamá cabra regresó del bosque, vio con horror que la puerta de su casa estaba abierta y los muebles desparramados por todas partes. ¡Sus cabritillos habían desaparecido! Empezó a llamarlos por su nombre, pero nadie respondió hasta que gritó el nombre del cabritillo más pequeño, que seguía escondido en el reloj de pie. La mamá cabra lo sacó y el cabritillo le contó lo que les había ocurrido a sus hermanitos.

La mamá cabra salió corriendo de la casa con el cabritillo trotando a su lado y no tardó en encontrar al lobo durmiendo en la pradera. Lo observó con mucho cuidado y vio que tenía seis bultos en su gorda barriga, y que parecían moverse.

–Mis cabritillos siguen vivos –exclamó aliviada con alegría.

A toda prisa envió a su hijito menor a la casa en busca de tijeras, aguja e hilo. Luego, mientras el lobo seguía dormido, le abrió la barriga. Enseguida salió por el corte el primer cabritillo, y luego otro y otro, hasta que los seis estuvieron fuera saltando de alegría. No habían sufrido daño alguno, ya que, en su ansia por comérselos, el lobo se los había tragado de golpe sin llegar a masticar.

–Rápido –dijo la mamá cabra–, traedme unas piedras del río para que le rellene la barriga al lobo.

Cada uno de los cabritillos cogió una piedra y la dejó junto a su madre. La mamá cabra las metió dentro de la barriga del lobo y después se la cosió. Al despertarse, el lobo sintió una sed tremenda.

–Pero ¿qué he hecho? –pensó–. No debería haberme comido todos los cabritillos de golpe. ¡Qué digestión tan pesada que tengo!

Se dirigió entonces a beber agua al río. Pero la barriga le pesaba tanto que apenas podía caminar y llegó tambaleándose junto a la orilla. Al agachar la cabeza para beber, el peso de las piedras lo hizo caerse al agua, y el lobo se ahogó en el fondo del río. Entonces la mamá cabra y sus cabritillos, que lo habían estado observando todo desde lejos, bailaron y cantaron llenos de alegría porque ya nunca más tendrían que temer al lobo feroz.

El pequeño Teo y su hermano Leo

El pequeño Teo era un niño muy afortunado. Tenía una casa muy bonita y los padres más buenos que uno pueda imaginar. Tenía un gran jardín, con un columpio y una portería de fútbol. En el jardín crecían muchos árboles a los que podía trepar y en los que podía vivir mil y una aventuras. El pequeño Teo iba a una escuela genial donde aprendía y disfrutaba mucho y tenía muchos amigos. De hecho, casi todo en la vida del pequeño Teo era agradable. Casi todo, salvo una cosa: su hermano Leo.

Leo era un niño muy travieso. Y lo que aún es peor, cada vez que hacía una travesura, lo cual ocurría con bastante frecuencia, se las ingeniaba para echarle las culpas a otra persona. ¡Y esa otra persona solía ser el pobre Teo!

Un día Leo pensó en llenar el azucarero con sal en lugar de azúcar. Aquella tarde, los padres de Teo y Leo habían invitado a unos amigos a tomar el té. Todos los invitados se echaron sal en la taza del té, pensando, claro está, que se trataba de azúcar. Como eran muy educados, no dijeron nada, ¡aunque el té sabía a rayos! Pero cuando los padres de Teo y Leo probaron su té, adivinaron enseguida que alguien había hecho una diablura. Se excusaron ante sus invitados y les prepararon otra taza de té. ¿Y a quién culparon de aquella travesura? Al pequeño Teo, claro está, porque Leo había esparcido un poco de sal en el suelo de la habitación de Teo para que su madre pensara que él era el culpable.

En otra ocasión, Leo y Teo estaban jugando al fútbol en el jardín. Por accidente, Leo chutó la pelota y rompió el cristal de una ventana. Pero Leo se escapó corriendo y se escondió, de modo que cuando su padre salió a investigar qué había ocurrido, sólo vio a Teo, y se volvió a cargar las culpas.

El pequeño Teo y su hermano Leo

Un día, la tía de Teo y Leo, Paquita, vino a pasar unos días con ellos. La tía Paquita era una mujer muy buena, pero le daban mucho miedo los bichos, especialmente las ranas. ¿Y qué hizo Leo? Bajó al estanque que había en el jardín, cogió una gran rana verde y la metió en el bolso de la tía Paquita. Cuando la tía Paquita abrió el bolso para sacar sus gafas, se encontró con dos ojos saltones de rana que la miraban fijamente.

–Croac –cró la rana.

–¡Aaay! –gritó la tía Paquita, que casi se muere del susto.

–Le dije a Teo que no lo hiciera –dijo Leo.

Teo abrió la boca para defenderse, pero su madre le dijo:

–¡Ve a tu habitación y no salgas hasta que yo te lo diga!

El pobre Teo tuvo que quedarse en su habitación hasta la hora de la cena. A Leo aquello le pareció muy divertido.

Al día siguiente, Leo decidió hacer una nueva travesura de las suyas y culpar a Teo de ella. Fue al cobertizo que había en el jardín y, de una en una, sacó fuera todas las herramientas de jardinería. Cuando pensó que nadie lo observaba, las escondió en el armario de la habitación de Teo. Allí metió la pala, la horca, la regadera, la azada…, en resumidas cuentas, todo salvo el cortacésped y, si no lo hizo, fue porque era demasiado pesado para transportarlo.

Pero en aquella ocasión la pequeña travesura de Leo iba a salirle mal, porque la tía Paquita le había visto subir a hurtadillas hasta la habitación de Teo con los útiles del jardín. Enseguida adivinó lo que planeaba Leo y quién cargaría con las culpas. Aprovechando un momento que Leo no estaba, la tía Paquita habló con Teo. Ambos se susurraron algo al oído y después sonrieron triunfantes.

Un poco más tarde, ese mismo día, el padre de Teo y Leo fue al cobertizo para ocuparse del jardín. ¡Y qué sorpresa se llevó al comprobar que allí sólo había unas cuantas macetas viejas y el cortacésped! Buscó por todas partes sus herramientas. Miró detrás del montón de compost, debajo de las escaleras del jardín, tras el cajón de arena y en el garaje; pero las herramientas no aparecían por ningún lado.

Entonces empezó a buscar dentro de la casa. Miró dentro del armario de la cocina y estaba rebuscando bajo las escaleras cuando algo le llamó la atención en el piso de arriba. El asa de la pala asomaba por la puerta de la habitación de Leo. Desconcertado, subió a la habitación de Leo. Y allí, perfectamente guardadas

128

en el armario, encontró el resto de las herramientas
de jardinería.

–Leo, sube aquí inmediatamente –lo llamó su padre.

Pensando que no había ningún problema, Leo subió con toda
tranquilidad. Entonces vio las herramientas que había guardado
en el armario de Teo en su propio armario. Se quedó sin habla.

–Muy bien –le dijo su padre–, antes de salir a jugar, bajarás
todas las herramientas al cobertizo. Luego cortarás el césped,
removerás la tierra de las flores y plantarás las semillas.

Leo pasó horas haciendo todas las tareas del jardín. Teo y la
tía Paquita lo observaron desde la ventana y se rieron de buena
gana. Leo nunca descubrió cómo habían llegado aquellos
utensilios a su habitación, pero tú ya te lo imaginas, ¿verdad?

Coto de caza

El señor Conejo abrió los ojos y bostezó. Pensó que aquel día podía ser perfecto para salir y mordisquear algunas de las lechugas del granjero. Y pensó que después iría a comprobar si las zanahorias del granjero crecían bien, y quizá también les daría algún mordisquito. Asomó la cabeza de la madriguera y miró a un lado y a otro para ver si corría algún riesgo. Luego estiró las orejas para escuchar si corría algún peligro. Y por último, olisqueó el aire en todas las direcciones por si olía alguna amenaza. Una vez pensó que estaba seguro, salió de la madriguera.

Pero apenas había dado un par de pasos cuando ¡ZAS!, una bala le pasó zumbando por encima de la cabeza. El señor Conejo volvió a ocultarse en su madriguera lo más rápido que pudo, temblando de miedo.

–¡Madre mía, es la temporada de caza de conejos! –pensó conteniendo el aliento. Reunió a sus conejitos y les dijo–: Hijos míos, escuchadme atentamente. Ha empezado la temporada de caza de conejos, así que debéis permanecer a buen recaudo dentro de la madriguera hasta que concluya. Yo saldré por la noche y buscaré comida para todos nosotros.

Sus hijos lo miraron consternados.

–Pero hace un día tan bonito y soleado… –se lamentaron al unísono–. Tendremos mucho cuidado.

Pero el señor Conejo no cedió ni un ápice. Les dijo que debían permanecer bajo tierra hasta que la temporada de caza terminara.

Durante unos días, los conejitos se divirtieron jugando a pillar y al escondite, pero cada vez se aburrían más. Al final decidieron hacer algo para acabar con la caza de conejos.

Pardo, el hijo mayor del señor Conejo, pensó en intentar detener él mismo a los cazadores. Cuando oscureció, salió de la madriguera y se dirigió hacia la cabaña de los cazadores.

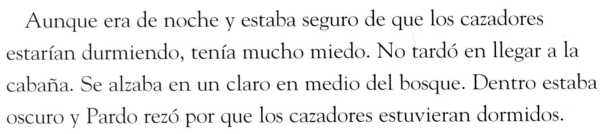

Aunque era de noche y estaba seguro de que los cazadores estarían durmiendo, tenía mucho miedo. No tardó en llegar a la cabaña. Se alzaba en un claro en medio del bosque. Dentro estaba oscuro y Pardo rezó por que los cazadores estuvieran dormidos.

–Si cavo unos algunos hoyos –pensó–, tal vez caigan en ellos y no puedan salir hasta que acabe la temporada de caza.

De modo que cavó como jamás antes lo había hecho. Pronto había hoyos por todas partes, justo a las puertas de la cabaña de los cazadores. Complacido de sí mismo, pero sintiéndose muy cansado, Pardo regresó a la madriguera antes de que amaneciera.

Cuando los cazadores se despertaron, salieron por la puerta…, pero no cayeron en ninguno de los hoyos. El pobre Pardo había cavado, era cierto, pero la cabaña tenía dos puertas ¡y los cazadores habían salido por la otra!

COTO DE CAZA

Entonces Rita, la hija mediana del señor Conejo, decidió frenar a los cazadores. Cuando anocheció, salió de la madriguera a hurtadillas y se dirigió a la cabaña de los cazadores. Al llegar allí se dio cuenta de que la ventana estaba abierta, así que decidió entrar con mucho cuidado. Tenía mucho miedo, pero pensó en tener que pasar en la madriguera todos los días hasta el fin de la temporada de caza y aquello le infundió valor para llevar a término sus planes.

Dentro de la cabaña vio a los cazadores durmiendo en sus camas. Echó un vistazo alrededor, preguntándose qué podía hacer para que dejaran de cazar. Entonces vio las ropas de los cazadores sobre una silla. Rápida como un rayo, saltó sobre la ropa y empezó a mordisquearla. En menos que canta un gallo había hecho jirones toda la ropa.

–Eso los detendrá –pensó Rita–. ¡No saldrán a cazar desnudos! Satisfecha con su trabajo nocturno, Rita regresó a la madriguera justo cuando empezaba a amanecer.

COTO DE CAZA

Al poco de despertarse, ¡los cazadores salieron a cazar! La pobre Rita había mordisqueado algunas ropas, cierto, pero eran las ropas de repuesto que llevaban los cazadores. Se habían acostado vestidos para salir a cazar a primera hora de la mañana.

Por último, Persia, la más pequeña de los hijos del señor Conejo, dijo que intentaría ir a detener a los cazadores.

—No seas tonta —le dijo Pardo a su hermana—. Eres demasiado pequeña para salir por la noche.

—Y además —añadió Rita—, ¿qué podrías hacer para detenerlos?

—Ya pensaré algo —contestó Persia, que en verdad era una conejita muy lista.

De modo que esa noche salió a hurtadillas de la madriguera y se dirigió a la cabaña de los cazadores. La ventana estaba abierta, como la noche anterior, y saltó dentro de la cabaña. Observó el suelo, miró dentro de los armarios y debajo de las camas, pero no se le ocurría nada para detener a los cazadores.

Entonces alzó la vista y se le ocurrió una idea. Encima de la mesa había un calendario abierto por la fecha en la que se encontraban.

COTO DE CAZA

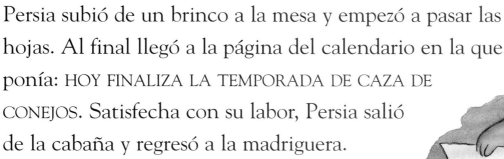

Persia subió de un brinco a la mesa y empezó a pasar las hojas. Al final llegó a la página del calendario en la que ponía: HOY FINALIZA LA TEMPORADA DE CAZA DE CONEJOS. Satisfecha con su labor, Persia salió de la cabaña y regresó a la madriguera.

Por la mañana, los cazadores se despertaron, se frotaron los ojos y se levantaron de sus camas. Uno de ellos miró el calendario:

–¡Oh, no! –exclamó–. ¡Mirad qué día es hoy! La temporada de caza de conejos ha terminado.

Al ver aquello, los cazadores (que eran demasiado tontos para darse cuenta de que alguien había pasado las hojas del calendario) recogieron sus cosas y regresaron a sus casas. Volvió a reinar la paz y la tranquilidad en el bosque y los conejos pudieron salir al aire libre con toda tranquilidad.

El gato con botas

Érase una vez en Francia un molinero que vivía con sus tres hijos. Al morir, dejó al mayor de ellos en herencia el molino. Al mediano le dejó un burro en cuyas alforjas podía transportar la harina para venderla. Pero al hijo pequeño, el más apuesto de los tres, sólo le dejó un gato grande que se encargaba de cazar a los ratones que salían de las ratoneras por la noche para roer las sacas y robar trigo.

El pobre benjamín se preguntaba cómo se las apañaría para vivir con sólo un gato como compañía. Se daba cuenta de que tendría que salir al mundo a buscarse la vida.

–Tendré que dejarte aquí, gatito –le dijo–, porque no veo cómo podré cuidar de ti.

–¿Y qué me dices si yo cuido de ti? –le contestó el gato.

–¿Qué quieres decir? –le preguntó el joven.

–Consígueme un par de botas para mis patas traseras y una saca grande atada con un cordón, y te prometo que tu suerte cambiará –le aseguró el gato.

El joven estaba muy confuso, pero decidió que merecía la pena dejar que el gato probara fortuna, ya que a él no se le ocurría modo alguno de ganarse la vida. Calzado con sus botas nuevas en las patas traseras y con la saca echada al hombro, el gato partió con apenas un puñado de trigo del molino.

Lo primero que hizo fue dirigirse a la madriguera más cercana. Abrió la saca, metió un poco de trigo dentro y la dejó abierta a la espera de que los conejos salieran de su agujero. Salió un primer conejo muy curioso y se metió de un brinco en la saca para coger el trigo. El gato saltó rápidamente y cerró la saca tirando del cordón. Entonces, en lugar de llevarle el conejo a su dueño, partió rumbo a palacio, donde anunció que traía un regalo para el rey.

–Majestad –dijo el gato, haciendo una profunda reverencia–, soy un mensajero del marqués de Carabá, su vecino. Hoy mi señor ha

salido de caza y ha tenido la suerte de cazar un joven conejo.
Mi señor le ruega que lo acepte como regalo.

El rey estaba confuso, pues nunca había oído hablar del marqués
de Carabá, pero aceptó el regalo.

—Dile a tu señor que acepto sumamente complacido su amable
ofrenda —respondió.

Día tras día, el gato salía de caza del mismo modo y cada vez
regalaba su presa al rey.

—No olvides que se supone que eres un marqués —le dijo a su dueño.

El joven no tenía ni idea de a qué se refería el gato, pero confiaba
en él de todos modos. Pasado un tiempo, el gato empezó a recibir
invitaciones para tomar el té y charlar con los guardias de palacio,
y pronto se puso al corriente de todos los cotilleos de la Corte.
En una ocasión, el gato con botas descubrió que el rey planeaba
pasear al día siguiente en su elegante carroza con su hija, la princesa
más bella de toda Francia. El gato con botas se las apañó para
descubrir qué dirección tenían previsto tomar en aquel paseo.

A la mañana siguiente le dijo a su dueño:

—Creo que sería buena idea ir a nadar un rato al río.

El muchacho estuvo de acuerdo y, por la mirada del gato, dedujo que tramaba algo. El gato con botas lo llevó hasta una zona del río por la que debía pasar la carroza del rey. Mientras el joven nadaba en el río, el gato oyó el traqueteo de la carroza. Escondió los harapos de su dueño bajo una roca y, cuando tuvo la carroza a la vista, salió corriendo a la carretera gritando:

—¡Socorro! ¡El marqués de Carabá se está ahogando!

El rey reconoció enseguida al gato y ordenó a sus guardias rescatar al marqués. El joven fingió estarse ahogando, ¡y no lo hizo nada mal!

Entre tanto, el gato con botas subió a la carroza, saludó al rey con una reverencia y le dijo:

—Mientras mi señor se bañaba, unos ladrones le han robado su ropa. Y ahora no puede aparecer ante vuestra hija desnudo.

—Por supuesto que no —replicó el rey, quien ordenó a su lacayo
sacar uno de sus trajes del maletero de la carroza. En cuanto el
apuesto joven estuvo debidamente vestido, el rey solicitó tener el
placer de conocer al misterioso marqués de quien el gato con botas
le había hablado tanto. Hizo subir al «marqués» a su carroza y este
se sentó al lado de la princesa.

—Venga a pasear con nosotros, mi querido marqués —dijo el rey.

Y sin más, el gato con botas partió de nuevo y desapareció tras
la siguiente curva del camino. Para cuando la carroza dorada del
rey reemprendió la marcha, el gato con botas le sacaba una ventaja
considerable. Pasó junto a un campo lleno de campesinos.

—Buenas gentes —dijo el gato—, decidle al rey que este prado es
del marqués de Carabá. De lo contrario, os trituraré en pedacitos.

El gato con botas sabía que, en realidad, aquel prado pertenecía a un ogro célebre por poder cambiar de forma, de manera que los campesinos no tenían modo de descifrar si aquel era un gato normal que les ordenaba algo o si se trataba del ogro en persona. Al rato, la carroza real pasó por allí y el rey se asomó y preguntó a quién pertenecía aquel prado:

—Al marqués de Carabá, Su Majestad —respondieron los labriegos.

—¡Qué bella parcela de tierra! —le dijo el rey dándole un codazo al joven, que estaba entretenido conversando con la princesa.

La escena se repitió a lo largo de aquel paseo. El gato con botas llegaba antes que la carroza real. Leñadores, pastores y granjeros dijeron al rey que su señor era el marqués de Carabá, porque el gato con botas los había amenazado con convertirlos en picadillo si no lo hacían. Entonces, el gato con botas divisó a lo lejos un castillo. Supo enseguida que se trataba del castillo del ogro.

El gato con botas atravesó la enorme verja, pidió audiencia con el ogro y le dijo:

—He oído decir que puedes transformarte en lo que quieras, en un león, por ejemplo. Pero no me lo creo.

El ogro estaba tan ofendido que se limitó a bramar:

—¡Pues mira esto! —Y al instante se transformó en león. El gato con botas fingió asustarse y se subió al tejado del castillo de un brinco. El ogro volvió a adoptar su figura de ogro.

—Así aprenderás —le gritó.

—Me has dado un susto de muerte —le dijo el gato con botas—. ¿Sabes? Hay quien dice que también puedes transformarte en un animal diminuto pero eso es absurdo. Es más: ¡es imposible!

—¿Conque imposible, eh? —rugió el ogro, y el muy insensato se convirtió en un ratón.

En un abrir y cerrar de ojos, el gato con botas saltó sobre él y se lo comió de un bocado. En aquel momento, la carroza real atravesaba con gran estrépito el puente levadizo, ya que también el rey había visto el castillo y quería saber quién vivía en él.

—Bienvenido al castillo del marqués de Carabá, Majestad —dijo el gato con botas, que acababa de relamerse los restos del ogro que se le habían quedado adheridos a los bigotes.

—¿Cómo? —exclamó el rey volviéndose hacia el joven—. ¿Es suyo también este lugar? —El muchacho miró al gato con botas y asintió con la cabeza—. ¿Podemos verlo por dentro? —preguntó el rey.

El rey, la princesa y el hijo del molinero recorrieron el castillo; era un castillo precioso. Los criados del ogro se alegraron tanto de perder de vista a su amo que prepararon un gran banquete. Al terminar, el rey entregó la mano de la princesa al «marqués».

Y en cuanto al gato con botas, su dueño le estaba tan agradecido que lo nombró caballero. Y vivieron felices y comieron perdices… y el gato con botas no tuvo que volver a cazar ni un solo ratón más en toda su vida. Y colorín colorado, este cuento se ha acabado.